ÉDITION ILLUSTRÉE

# PIERRE VEBER

# L'Aventure

PARIS
MODERN-BIBLIOTHÈQUE
ARTHÈME FAYARD et Cie, ÉDITEURS,
18-20, RUE DU SAINT-GOTHARD, 18-20

# L'Aventure

# PIERRE VEBER

# L'Aventure

Illustrations d'après les aquarelles

DE

## RENÉ LELONG

PARIS

MODERN-BIBLIOTHÈQUE

ARTHÈME FAYARD et Cⁱᵉ, ÉDITEURS

18-20, RUE DU SAINT-GOTHARD, 18-20

Tous droits réservés

Je l'ai remercié et je me suis remise a ma lettre.

# A GYP

## Bâtons rompus

En vérité, une petite âme d'éta-
gère !

Rev. SAMUEL, *Homélie sur la
femme.*

SALON DE LECTURE
DES
GRANDS MAGASINS DU LOUVRE

Ma chère petite amie, il m'a fallu aller
au Louvre pour t'écrire ; je sors d'une
scène affreuse avec mon mari ; quand je
lui ai montré ta lettre, à déjeuner, il s'est
mis dans une colère telle que la verrerie,
seule, en tremblait ; une de ces colères qui
lui donnent l'aspect sournois d'un masque
japonais.

« Certainement non !... Jamais de la
vie !... A quoi songez-vous ?... Je ne vous
autoriserai pas à vous occuper du procès de
votre amie Germaine. Vous savez ce que
je pense d'elle... D'ailleurs je suis au courant, elle a tous les torts. Censy m'a
rapporté l'affaire dans ses moindres détails, comment il avait surpris sa femme,
etc., etc. »

Entre parenthèses, tu devrais bien re-
commander le silence à ton ex-époux ; il
sera toujours temps pour lui de raconter
ces histoires-là, une fois le divorce pro-
noncé. Assez de charitables niais se char-
gent de répandre l'anecdote où il joue un
rôle réputé comique depuis Molière, et
même avant.

Vraiment, il se conduit avec la dernière
gaucherie : demander le divorce en invoquant le flagrant délit ! On n'est pas plus
province ! Il paraît que cela simplifie la
procédure : mais, à ta place, je m'arrange-
rais pour obtenir une séparation plus dis-
crète ; on a tenu rigueur à M$^{me}$ Fortio,
deux hivers durant, parce qu'elle avait divorcé avec un fâcheux motif ; c'est stupide,
mais que veux-tu ? M. Censy a déclaré
qu'il employait le flagrant délit afin que tu
n'épouses pas Gérard, après le jugement.
Mais, que tu l'épouses ou que tu ne l'é-
pouses pas, le résultat est le même, en défi-
nitive. Si ton mari avait du savoir-vivre, il
le comprendrait ; deux personnes se pren-
nent ; au bout de plusieurs années, elles
reconnaissent qu'elles n'étaient pas nées
l'une pour l'autre ; il y a maldonne, elles se
séparent, rien de plus simple.

J'ai parlé dans ce sens à Roger ; nous
nous sommes disputés jusqu'au dessert ;
moi, je prenais ton parti, et lui, nécessairement, soutenait M. Censy ; à la fin, le cher
homme est devenu rouge brique, il a jeté sa

serviette dans la corbeille à pain, en
disant :

« Je vous interdis de revoir M^me Censy,
c'est une petite... » (Ici un vilain mot qui
rime avec *rue*.)

Ma pauvre chérie, figure-toi que dans
les premiers temps de mon mariage j'ai
failli être très jalouse de toi ; je m'étais mis
dans la tête que Roger avait des intentions
impures sur ta jolie personne ; c'était d'ailleurs très probable ; dire que, si tu y avais
apporté la moindre bonne volonté, je serais

impression que l'on éprouve à la mer
quand une méduse se colle dans votre cou.
Pouah !

Dès qu'il se croit pardonné, le « conjoint mâle », méfiant, telle la belette, far-
fouille dans mes tiroirs, sonde mon buvard,
sous couleur de plaisanterie ; pas moyen de
lui cacher une lettre ; alors j'ai profité du
beau temps, je suis venue au Louvre
t'écrire en toute tranquillité ; d'où ce papier
en tête duquel un lion superbe et généreux
(il a les moyens) s'étale, pattes croisées, le

débarrassée de mon mari ! Allons ! je ne
t'en veux pas ; certains dévouements dé-
passent les forces humaines.

Après le déjeuner, je n'ai pas osé
t'écrire chez moi ; celui que mon contrat
appelle « le conjoint mâle » a la manie du
raccommodement ; cet homme-là fait toujours les premiers pas, c'est même à vous
dégoûter de se fâcher avec lui ; je boude
et je finis par céder, tant il m'ennuie. J'en
suis quitte pour une légère formalité...
hum ! « En pareil cas, offrez votre sacrifice
au Seigneur », me recommandait l'abbé
Vigot, qui dirige tout ou partie de ma conscience. Vraiment, le Seigneur n'est pas dur !

Mon mari entre à pas de loup dans ma
chambre et, au moment où je m'y attends
le moins, il me plaque un gros baiser de
nourrice en pleine nuque ; tu n'as pas idée
comme je déteste ces baisers ; c'est la même

long d'une majuscule. « Même quand le
lion ne marche pas, on sent qu'il a une L »
dirait Glaris.

Il fait très bon, du reste, dans ce salon ;
quand j'étais jeune fille, j'avais un immense
désir d'y pénétrer ; ma mère ne me laissait
pas dépasser le seuil, sous prétexte qu'il
traînait sur les tables des journaux inconvenants ; pour me consoler, je pensais :
« Plus tard, une fois mariée, je viendrai là
correspondre avec mes amoureux. » Comme
on se trompe !

Il est à peine trois heures et déjà des
tas de personnages dévorent les journaux ;
ils lisent avec soin, comme on mâche. Pas
de bruit, les surveillants entrent et sortent
sur la pointe du pied ; il y a peut-être des
malades ? Deux ou trois pauvres honteux
dorment à l'abri, derrière le *Temps* dé-
ployé ; des jeunes gens désœuvrés s'absor-

bent dans la lecture de feuilles diverses ; il me semble que je resterais des heures à les regarder : leur quiétude passe en moi. O le paisible petit salon, tout blanc, bas de plafond, si calme avec ses meubles rouges indifférents ! Le jour où j'aurai des tourments de cœur, une grave résolution à prendre, ou seulement de la tristesse, j'irai méditer en ce salon...

A la table où je suis, juste en face de moi, une femme du peuple (*Marie-Jeanne*, sans doute) se livre à des exercices de calligraphie contorsionnante ; elle a pris la « position classique », le coude près du corps, la tête penchée, le poignet crispé ; elle pince un bout de langue entre ses lèvres ; près d'elle, d'autres femmes sont en train d'écrire à leurs amants, j'en suis persuadée ; il y a notamment une petite bourgeoise aux paupières bistrées, qui achève son cahier de

AU MOMENT OU JE M'Y ATTENDS LE MOINS, IL ME PLAQUE UN GROS BAISER DE NOURRICE EN PLEINE NUQUE.

papier ; je plains le sous-lieutenant à qui le paquet est destiné.

A propos, si je t'en écris autant, ne t'imagine pas que ce soit pour tes beaux yeux ; j'ai une visite à rendre dans le quartier, vers cinq heures ; je ne trouve rien qui m'occupe auparavant, et je m'amuse beaucoup ici. Je barbouille du papier par contenance.

Je découvre que ce salon est un lieu de rendez-vous ; je me demandais ce que trafiquaient les trois ou quatre jeunes gens attablés devant les quotidiens ; maintenant, je comprends ! J'ai vu entrer une dame voilée ; sur le seuil, elle s'est arrêtée un instant, a passé en revue les éphèbes, puis est venue se planter derrière l'un d'eux, tout en regardant distraitement les feuilles éparses, comme une qui hésite entre le *Romanulu* ou le *Gradjaninc*; elle a toussé d'une petite toux irritée ; le jeune homme avait évidemment oublié ce qui l'amenait, il lisait des choses plus intéressantes ; la dame voilée a toussé encore, et encore ; enfin, elle a donné de furtifs coups de parapluie sur la chaise de l'ayant-droit..

Le résultat est obtenu, l'autre sursaute, et tandis que la dame voilée gagne une des sorties, il gagne la seconde. Ils avaient l'air dégagé, innocent, de deux créatures venues dans l'intention avérée de commettre ensemble le péché de chair, et qui ne se parleront que dans le fiacre, les stores baissés.

L'ingénieux manège se répète, de cinq en cinq minutes, avec chacun des autres jeunes gens ; au fond, j'ai contre ces heureux presque de la rancune ; leur vie est remplie de l'imprévu qui manque à la mienne. Un préfet de police de l'Empire me racontait que la princesse X... sortait en cachette et déguisée, la nuit, liait conversation avec des étudiants, jouait les grisettes égarées et acceptait l'hospitalité que, six fois sur sept, on lui offrait. Le lendemain, elle partait, et on ne la revoyait plus ; elle était l'Inconnue d'une nuit, la reine Mab qui s'encanaille incognito.

Je serais très capable de courir ainsi la prétentaine sous un faux nom ; tu te rappelles quand Glaris me disait de sa voix pincée :

« Comtesse, vous êtes née pour l'AVENTURE. »

Il avait raison ; à certaines heures l'AVENTURE m'attire : j'ai beau être une honnête femme, j'éprouve parfois une envie folle d'accomplir des choses extraordinaires et incompatibles avec ma situation sociale ; par exemple, répondre familièrement au monsieur mal élevé qui m'adresse la parole dans la rue, ou aguicher l'inoffensif passant dont la tête me revient.

Seulement, voilà ! je n'ose pas ; il n'y a que le premier faux-pas qui coûte ; mais, Dieu ! qu'il coûte ! Mes parents ont eu grand tort de m'orner d'une belle éducation ; elle m'a beaucoup gênée dans l'existence en m'arrêtant au moment de commettre les frasques, les merveilleuses frasques qui m'eussent distraite.

Glaris m'a fait une cour assez pressante ; sa jolie figure fine, un peu fatiguée, ne me déplaisait pas, avec sa calvitie régulière, comme dessinée par Le Nôtre, et sa barbe ronde taillée à l'instar des ifs ; c'est un bel homme, pas bête et pas trop fat. Vingt fois, il s'est cru près de réussir ; au dernier tournant, je lui échappais : c'était plus fort que moi, l'éducation s'opposait aux démarches décisives. Remarque, ma chérie, que j'étais la première à en rager ; mais je n'y pouvais rien.

Glaris s'est résigné, il se cantonne dans une camaraderie d'attente. Avec le temps, j'aurais peut-être fini par surmonter l'émotion inséparable d'un premier début. Tant pis !

Il est tantôt l'heure de partir et je ne t'ai pas dit l'important, le prétexte de cette lettre ; je suis résolue, bien entendu, à t'aider, malgré mon mari, de tout mon pouvoir ; il s'agit, pour ton divorce, d'éviter le « motif gênant ». Faisons jouer mes grandes influences ; j'irai trouver, à l'insu de Roger, son cousin, le juge au tribunal civil de la Seine, Guillaume Cherbois ; aux dernières nouvelles, c'est probablement lui qui sera désigné ; en tout cas, il te sera très utile, il est lié avec ses collègues. La camaraderie a rarement produit une plus belle primeur; il est de l'espèce des magistrats hâtifs, qui rendent autant de services que d'arrêts; il n'a rien à me refuser, je lui conférai tes intérêts et...

(Je suspends; depuis dix minutes, un monsieur est venu s'installer à côté de moi, il a déplié un journal, mais il essaie de lire confusément que les Sennerive lui ont rendu service. Je m'assurerai d'eux; les Sennerive le tâteront.

(C'est assommant! le monsieur au journal a entamé une série de manœuvres préparatoires d'un entretien; il a l'intention de m'adresser la parole; j'essaie de le décourager par des onomatopées agacées, je n'aboutis qu'à l'enhardir.)

On m'avait appris qu'en l'absence de ta mère tu t'étais retirée dans un de ces couvents qui reçoivent les femmes en instance de divorce; on n'avait pas pu me renseigner plus clairement; ta lettre est datée d'Ecouen; comptes-tu rester longtemps chez les Sœurs de Magdala?

J'IRAI TROUVER, A L'INSU DE ROGER, SON COUSIN, LE JUGE AU TRIBUNAL CIVIL DE LA SEINE, GUILLAUME CHERBOIS

par-dessus mon épaule ce que j'écris; je me tourne de tous côtés, je lance des regards sévères d'honnête femme qui va-t-à-pied; il continue; je ne tiens pas à changer de place, vu que je suis à l'abri des courants d'air. Je reprends.)

Tu devrais aussi t'occuper de Mᵉ Harduin-Béhague, l'avoué de ton mari; il a une grande influence sur lui. N'est-ce pas cet avoué qui vous a mariés? Je me souviens Je n'irai pas te voir là, je n'ai pas une journée de libre; ce couvent est si loin! Vers le 25 juillet, Roger est obligé d'aller dans le Quercy, à cause des élections. Si tu campes encore à Ecouen, je cours te retrouver pour vingt-quatre heures.

(Le monsieur se tient tranquille; il feint de lire avec attention un journal étranger dont le titre m'échappe, parce que les lettres ont l'air d'être à l'envers ; je parie qu'il n'en lit pas une bribe ; mais maintenant le personnage ne daigne plus me regarder. Il n'est pas vilain, d'ailleurs, il ressemble à Abdul-Hamid jeune, sans barbe ; il est très chic, en redingote. Il a posé devant lui un tube splendide à mille reflets ; on dirait un miroir aux alouettes. Abdul-Hamid a beaucoup de grosses bagues au doigt ; une épingle en diamants fulgure sur le vert sombre de sa cravate. J'oubliais les boutons de manchettes ! Ma chère ! des machins carrés en or, de vrais boucliers romains avec un semis de pierres multicolores : le budget annuel d'un ménage d'ouvriers.

Trop de bijoux, ça sent le rasta d'une lieue ; mais c'est un beau rasta, sauf qu'il a les cheveux pas trop noirs ; je n'arrive pas à voir ses yeux... si, je les vois, ils sont bien, très bien... je te les dessine dans le coin de la page. Des yeux comme ceux de M^me Goldschmitt, les yeux en « amande honorable » avec des cils insidieux qui vous chatouillent, le fameux regard de velours, si niais. Toi qui aimes le *genre levantin*, tu seras contente du spécimen ; j'ai envie de lui remettre ton adresse... Zut ! il a vu qu'on l'avait remarqué, il reprend son travail d'approche ; je parie qu'il me parle avant... Là, ça y est :

— Ne trouvez-vous pas, madame, que ces temps de printemps sont très chauds ?

(*Madame*, c'est moi ; j'écris avec une ardeur redoublée ; ne fais pas attention, je ne sais pas ce que j'aligne, mais si je m'arrête, je suis perdue, il collera ; aussi je continue sans avoir l'air d'entendre... Bon, il insiste ! A moi le regard irrité de la femme honnête ; demi-tour, je lui montre complètement le dos.)

Voyons, où en étais-je ? Ah ! oui ; si tu as des commissions importantes ou pressées à me donner, ne m'écris pas à la maison, mon mari ouvre mes lettres ; autrefois, je le lui ai permis, et il n'y a plus moyen de l'en déshabituer. Ah ! si on savait !

Donc, tu mettras une première enveloppe :

*Pour Madame de Luz de Chantorey,*

puis tu la placeras dans une seconde enveloppe à l'adresse de :

*Madame Suzanne Breuillard,*
*3, rue de Prony.*

Ce n'est pas loin de chez moi ; Suzanne est avertie ; Roger ne se méfie pas d'elle ; j'aurai tes lettres le jour de leur arrivée.

Ne t'ennuie pas trop, pense à moi, et si tu as le tem....

(Non, décidément, la place n'est pas tenable ; ma petite bourse ayant sauté de ma poche, le rasta l'a ramassée, et il me la rend avec un geste noble appuyé de quelques mots bien sentis sur « la négligence des jolies personnes ». Sûr qu'il me prend pour une je ne sais quoi. Je l'ai remercié et je me suis remise à ma lettre ; il continue à parler, je l'entends qui chuchote des compliments ; alors je file ; il me crampone, cet homme jaune, et je lui abandonne la place.)

Présente mes amitiés à Gérard ; a-t-il la permission d'entrer au couvent ? Prenez garde ! Que l'on ne vous repince pas, du moins avant l'issue du procès.

Je t'embrasse de tout cœur, ma chérie.

Ton amie,

YVONNE.

## II

### Une Idylle à la Lingerie

BRABANTIO. — Avec le Maure, dites-vous ?

SHAKESPEARE, *Othello*.

Tu es bien bonne de me remercier ; j'écris des pages et des pages, afin de me donner l'illusion de penser ; quand je suis lasse, je mets un point final, je signe et je t'adresse les feuilles, parce qu'il ne faut rien perdre ; tant mieux, si cela te distrait.

Oui, j'ai vu Cherbois ; en effet, il a le dossier, mais il m'a répondu carrément dès les premiers mots : « Je suis tenu à la lusabsolue discrétion, il m'est impossible de parler. »

En fin de compte, il s'est un peu adouci, puis il m'en a confié plus que je n'en désirais ; ton mari est encore dans la période aiguë, il a soif de vengeance ; il arrête les passants pour leur exposer ton infortune ; il ne voit pas que plus il vous rend odieux, plus il se rend ridicule ; on commence à trouver qu'il a le malheur encombrant.

Pourtant il tient à son flagrant délit qui permet le divorce *de plano* (du latin juridique signifiant quelque chose comme : *sans délai*). J'ai demandé à Cherbois s'il y aurait moyen de modifier les termes de la demande en changeant les motifs invoqués par M. Censy ; il s'est débattu : « Jamais de la vie, impossible ! » Je lui ai dépeint la triste situation que ce divorce te créerait ; il a fouillé son arsenal de ruses :

— Il y aurait bien un moyen, à la rigueur, mais on ne peut l'employer qu'avec l'assentiment du principal intéressé, et surtout avec la complicité du juge.

— Ce serait ?

— ... D'amener M. Censy à retirer sa demande en divorce. Le cas est assez fréquent ; nombre de maris, calmés par la solitude, arrêtent les hostilités. Voilà le premier point.

— Le second ?

— Ah ! c'est le plus difficile ; au bout d'un délai déterminé, M. Censy introduira une nouvelle demande fondée sur d'autres griefs : *injures et sévices graves*, ou *incompatibilité d'humeur*. Seulement il faudra que le juge ne se souvienne plus de la première demande ; il y a de grandes chances pour qu'il l'ait oubliée dans la masse des divorces qui défilent.

— Le juge, c'est vous, et dès lors ça marchera tout seul...

— Oh ! je vous en supplie ! N'abusez pas de ma bonté ; je vous en ai trop dit ! Attachez-vous surtout à gagner M. Censy.

Aussitôt j'ai couru chez les Sennerive ; ils m'ont promis d'intervenir auprès de Mᵉ Harduin-Béhague, l'avoué de la partie adverse. De mon côté, je m'arrangerai pour voir le Monstre en personne ; il ne se dé, de moi ; j'amènerai la conversation sur ses « ennuis » et je le chapitrerai discrètement.

J'ai tâté l'opinion ; elle t'est favorable. La marquise de La Pionid disait devant moi : « Pauvre petite Germaine ! elle avait épousé un homme qui m'aurait fait admettre l'Immaculée Conception ! » Mᵐᵉ Sambrez a riposté : « Moi, je lui en aurais voulu si elle ne l'avait pas trompé ! »

Mais on ne cache pas l'inquiétude générale ; au cas que le motif subsiste, tu auras une foule de résistances à vaincre. Notre chère société, forcée d'accepter le divorce, ergote aujourd'hui sur le grief. Je ne désespère pas, grâce à l'appui de Cherbois. Il m'a lu, pour mon édification personnelle, le procès-verbal de constat, qu'il a commenté en l'agrémentant de détails inédits ; tu aurais crié au commissaire : « Tiens ! c'est la première fois que mon mari a l'esprit d'à-propos. »

Tu as produit une grande impression sur le commissaire ; il a dit à Cherbois : « Ce mari est stupide ; jadis, il partageait sa femme ; maintenant on lui a pris, par sa faute, le peu qui lui en restait. »

J'ai relevé dans le procès-verbal une phrase exquise touchant « la nature de vos relations » avec Gérard ; j'admire les policiers qui se donnent une peine infinie pour décrire convenablement des choses inconvenantes.

— Tu avais deviné ; l'autre jour, Abdul-Hamid m'a suivie ; rien ne m'est plus désagréable que de me sentir filée. Ça m'énerve, m'irrite à un tel point que j'ai envie de pleurer presque. J'ai peur, très peur, j'ai la chair de poule dans le dos, et je m'affole, et je ris malgré moi ; tu aperçois le résultat, on me prend pour une jeune grue.

Quand j'ai quitté le Salon de Lecture, j'avais prévu ce qui m'arriverait ; le rasta se lèverait, courrait à ma suite, me bloquerait dans un coin obscur afin de m'adresser des propositions facétieuses. Ça n'a pas manqué ; je l'ai eu sur mes talons.

J'ai dégringolé les escaliers, j'ai enfilé les corridors, au grand trot ; il était aussi preste que moi ; j'arrive à le semer dans le labyrinthe de la Ganterie ; pendant qu'il croise devant les tribunes, je me sauve par les Parapluies ; à la Bonneterie, je respire un peu et je m'oriente pour la sortie. Bon ! Tandis que je me croyais en sûreté, il surgit de derrière la Lingerie et s'avance droit à moi. La surprise, la terreur aidant, j'ai perdu la tête, je me suis mise à rire, mais à rire sans pouvoir m'arrêter ; tu sais, quand le fou-rire me prend, il ne me lâche plus.

ABDUL-HAMID M'A SUIVIE.

Pour comble de déveine, j'étais seule avec lui, dans un bosquet sombre formé par des rideaux de drap ; pas un commis, pas un inspecteur !...

Abdul-Hamid était ravi ; il a souri en largeur (trente-deux dents, pas une de moins).

— Vous riez, tant mieux ! Vous n'êtes plus farouche, au moins !

Je continuais de plus belle ; alors il a froncé les petites moustaches noires qui lui servent de sourcils.

— Pourquoi vous moquez-vous de moi ?

— Je ne me moque pas, mais vous m'avez fait peur...

— Oh ! que je suis désolé ! Alors, c'est nerveux ?

— Oui, c'est nerveux... Laissez-moi.

— Ne puis-je pas vous être utile ?

— Nullement. Je vous prie de me laisser.

— Ce n'est pas bien ; je vous offre mes services et vous les repoussez !

Je m'étais un peu remise ; mais le fou-rire m'avait coupé la respiration et je restais accotée contre des douzaines de serviettes-éponges. Abdul-Hamid attira une chaise et me la tendit : je m'assis. Quelle imprudence ! Il apporta une autre chaise, s'assit à son tour ; et ce fut un déluge de questions.

— Allez-vous mieux ? Comment vous sentez-vous ? Désirez-vous des sels ? J'en ai. Je vous ai effrayée, n'est-ce pas ? Me pardonnerez-vous ?

Je répondais par monosyllabes : « Oui, non, heu ! » Au fond, le premier effroi passé, je n'étais pas très fâchée : ce petit incident inattendu m'était envoyé par le bon Dieu des gens qui s'ennuient.

Abdul-Hamid me regardait de tous ses yeux, ses beaux yeux noirs où il n'y a qu'un petit bout de blanc de chaque côté des larges prunelles (encore est-il plutôt jaune), de beaux yeux doux, comme en ont les ânesses laitières.

Il me débitait un tas de compliments, m'affirmait que l'effroi m'allait à merveille ; enfin, il me demanda :

— Suis-je indiscret en vous priant de me dire votre nom ?

— Oui.

— Cependant, si je vous donne le mien ?

— Je n'en ai aucun besoin.

— Je vous le donne quand même ; je m'appelle Ramon Garcia de La Vega.

— Je l'aurais parié !

Après avoir lâché cette insolence étourdie, je me suis mordu les lèvres ; il était trop tard, Ramon Garcia de La Vega devenait soudain familier :

— Vous me prenez pour un rasta ; au fait, vous avez peut-être raison ; mais chez vous rasta désigne un aventurier ?

— Oh ! non ; il désigne aussi un étranger.

— Merci ; mettons que je sois l'un et l'autre. D'ailleurs vous avez le droit de me mal juger. En France, un homme bien élevé n'adresse pas la parole aux dames ; je l'avais oublié ; excusez-moi, puisque je ne suis qu'un rasta.

Ce n'était pas trop mal raisonné ; je lui affirmai que je ne lui en voulais plus.

— Alors, fit-il, prouvez-le-moi en me disant votre nom !

Il me passa par la tête une fantaisie de rapin. Roger prétend que je ressemble à Clara Tender, des Variétés ; je suis un peu grande comme elle, j'ai des yeux bleus qui rient comme les siens, je me coiffe comme elle ; nous sommes du même blond cendré précieux ; j'ai le menton un peu plus volontaire et la bouche mieux indiquée ; à cela près, je pourrais jouer les Clara Tender à Rio-de-Janeiro ; aussi je répondis, sans broncher :

— Vous ne m'avez pas reconnue ? Je suis M^me Clara Tender, du théâtre des Variétés.

— Ah ! vraiment ! Alors j'ai eu le plaisir de vous entendre, pas plus tard qu'hier ; vous avez une voix agréable et de particulières qualités de travesti ; je vous ai surtout applaudie dans vos couplets du deuxième acte... vous savez... aidez-moi à me rappeler...

J'étais très embarrassée ; je ne suis pas allée aux Variétés depuis six mois, j'ignorais ce qu'on y jouait. Je détournai la conversation ; mais le señor de La Vega tenait à son idée, il me ramenait sur l'obstacle, m'interrogeant sur les interprètes. Je lui citai des noms au hasard : Taskin, M^me Galli-Marié, Galipaux, etc.

Durant dix bonnes minutes, je m'amu-

sai à le faire poser ; enfin je me levai :

— Il faut que je rentre, j'ai répétition.

— A cinq heures ? Tiens ! c'est curieux !

— Oui ; je serais à l'amende si j'arrivais en retard.

— Soit, partez, *madame la comtesse.*

Madame la comtesse était prise à son attrape-nigaud ; c'était le rasta qui s'était offert mon pastel. Comment avait-il découvert mon titre ? Je ne m'étais pas coupée ?

— Moi, comtesse ? Vous vous trompez, monsieur.

— Vous n'êtes pas Clara Tender ; elle joue en ce moment à Saint-Pétersbourg. Il y a, depuis trois jours, relâche aux Variétés. Et puis je connais Tender, elle est moins jolie que vous. Et puis votre couronne est marquée sur votre pe-

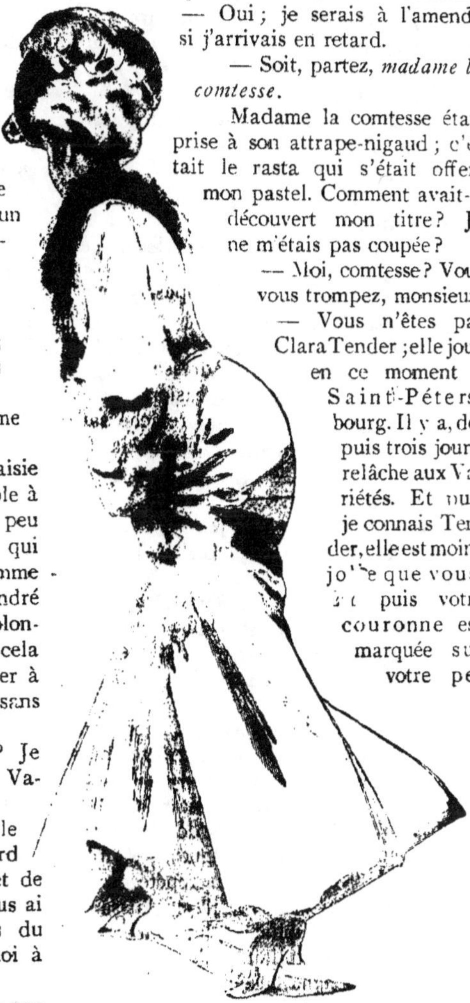

J'AI ENFILÉ DES CORRIDORS AU GRAND TROT.

tite bourse, au-dessus de vos initiales.

— Vous êtes subtil comme un mage ; dites-moi mon nom, maintenant.

— Je vous avoue que je l'ignore ; dites-le-moi, je le saurai.

— Par exemple !

## L'Aventure

Je feignais de me lever ; il me fit rasseoir.

— N'étant pas Clara Tender, vous n'avez pas de répétition qui vous appelle à cinq heures ; vous n'avez donc aucun prétexte pour vous retirer.

Je me fâchai :

— Allons, cette plaisanterie a trop duré.

— Ce n'est pas mon avis.

— Laissez-moi partir.

— Oui, si vous me promettez que je vous reverrai.

— ... Dans un monde meilleur, n'en doutez point.

— Alors vous ne partirez pas.

— Et si j'appelle ?

— On viendra, il y aura scandale, on prendra votre nom et votre adresse ; ce sera pour moi une excellente occasion de les connaître... Mais non, je vous relâche sans conditions ; accordez-moi seulement la faveur de vous voir de loin, le soir, par exemple, au théâtre !

J'avais hâte de partir, je répondis :

— Puisque ça vous fait plaisir, j'y consens.

— Alors, à ce soir, au *Bouis-Bouis*.

— Qu'est-ce que c'est que ça ?

— Le nouveau cabaret artistique, rue Caulaincourt, à Montmartre.

— Entendu !

Et je pensais à part moi : « Mon bon, ce soir, au *Bouis-Bouis*, on pourra toujours commencer sans m'attendre. »

Pendant que je réfléchissais, Abdul-Hamid multipliait les effets de dents, les effets d'yeux, les effets de bagues, les effets de moustache ; après m'avoir répété : « A ce soir, au *Bouis-Bouis* », il me laissa le chemin libre, et j'oubliai de lui confier que Montmartre m'horripilait.

Il m'accompagna jusqu'à la porte ; là, il fit mine de me quitter ; mais j'étais sûre qu'il me filerait ; aussi, une fois en voiture, j'ai dit au cocher : « Allez au Bois, et vite, je suis en retard. » Derrière la vitre d'espionnage, j'ai suivi le manège désespéré de mon galant, sautant dans une Urbaine afin de me pister ; debout dans le fiacre, il excitait le cocher ; mais, en deux minutes, il était réglé. Alors je suis rentrée.

Naturellement, j'ai omis de rapporter à Roger cette histoire qui m'a beaucoup divertie ; si mon amoureux n'avait pas été un affreux rasta, j'aurais continué l'intrigue, quitte à l'arrêter au moment où ce fût devenu sérieux ; je serais allée le soir au *Bouis-Bouis* (Roger adore ces endroits, il m'y aurait emmenée sans se faire prier), j'aurais retrouvé Pain-d'Epice, nous aurions échangé des coups d'œil définitifs.

C'est l'Aventure ; elle me tenterait, avec un partenaire de mon choix ; mais vois-tu que l'on m'ait rencontrée, en train de flirter avec le tzigane à l'ombre des métrages de draps, entre une pile de serviettes-éponges et un donjon carré de coupons de toile écrue ? Tableau !

Qu'est-ce que Ramon Garcia de la Véga ? (Une signature qui doit lui coûter cher quand il télégraphie.) Que pense-t-il de moi en ce moment ? Tu ne te figures pas comme il était drôle, aiguisant sa moustache et roulant des prunelles engageantes ; il pensait clairement : « Voyons ! ne boudez pas contre votre faim ! Je suis joli garçon, ça saute aux yeux ; je n'ai pas coutume d'attendre le bon plaisir de ces dames, moi ; décidez-vous vite. » Et il agitait ses nombreuses pièces de joaillerie.

Tu te moqueras de moi, en compagnie de Gérard, — je ne suis pas difficile sur le choix de mes passe-temps. Mon petit frère Jean avait enseigné une prière à ses camarades de collège : « Donnez-nous aujourd'hui notre choppin quotidien » (choppin désigne l'intrigue qui ne dure pas, la passade). Je prierais Dieu de m'accorder mon choppin quotidien, si j'étais sûre de m'en tirer toujours à si peu de frais ; mais je n'ai pas de chance, je ne charme que les nègres. Encore bien heureuse d'avoir pu échapper à celui-là, qui collait. Un peu plus et je le rapportais à Roger, pour le repas du soir.

Je t'embrasse bien fort, ma chérie ; je ne te plains pas, puisque tu as près de toi, chaque jour, ton cher amant. La règle de ce couvent n'est pas terrible ; envoie-moi l'adresse exacte pour moi et mes amies. Présente mes amitiés à Gérard. Valentine me charge de mille choses affectueuses pour

J'AI PEUR, TRÈS PEUR, J'AI LA CHAIR DE POULE DANS LE DOS.

toi. Écris à l'adresse de Suzanne Breuillard, elle est d'une obligeance parfaite.

Roger toujours imprenable, même avec pincettes.

### III

### Chansons, Romances et Gaudrioles

*Mets ta main, ta p'tite main,*
*Ta main dans la mienne.*
(*Vieille chanson.*)

. Une désolation ! Cherbois n'est plus juge, il monte en grade, il est vice-président ! Ce vieux singe a tant intrigué qu'il s'est fait nommer. Quel dommage ! Tout marchait à souhait ; j'avais averti en sous-main Mᵉ Harduin-Béhague des bonnes dispositions où se trouvait Cherbois ; Harduin-Béhague, qui avait d'abord assez mal reçu les Sennerive, s'était aussitôt humanisé ; et, par conséquent, ton mari com-

mençait à donner des signes d'apaisement.

Maintenant, il a repris son assurance, Mᵉ Harduin-Béhague hausse les épaules quand on lui parle conciliation ; il lâche des phrases sur l'intégrité de la Magistrature (penses-tu ?).

Je suis sûre que l'affreux Cherbois connaissait d'avance le mouvement ; et s'il ne m'a pas avertie, c'est qu'il voulait profiter de l'occasion pour être aimable à peu de frais.

Le nouveau juge est un sieur Buscher de Lacostevieille ; la question se pose : fera-t-il du zèle ou n'en fera-t-il pas ? Dans le premier cas, rien à essayer, au moins provisoirement ; attendre quelques semaines et tâcher de se faire oublier. Dans le second cas, j'agirai par le ministère...

Ne me remercie pas ; j'adore intriguailler. J'aurais été une femme d'action, « si les circonstances l'avaient permis » ; je re-

gretté de n'avoir pas vécu au temps de la Grande Mademoiselle ; moi aussi, j'aurais fait tirer le canon, et j'aurais commandé en chef. Je me serais contentée de vivre au temps de Mᵐᵉ de Staël et de l'aider à taquiner l'empereur ; j'en suis réduite à taquiner M. Censy.

Je me remue, je te recrute des alliés ; d'ici un mois, je tutoierai tout le personnel de la Justice. On n'imagine pas l'influence qu'une femme, une pauvre femme, peut prendre dans une administration, voire dans un tribunal. On me cite une chère madame qui fait la pluie et le beau temps à la 20ᵉ chambre ; le Président, le Greffier, les Conseillers sont à ses genoux ; trois ou quatre grands avocats se roulent à ses pieds. Et elle n'est pas d'une beauté rare ; non, elle a le tour de main pour dompter la magistrature assise. (Elle la couche, probablement.)

Roger ne se doute pas de mes démarches ;

il persiste à plaindre Censy et à le consoler.

Tu désires des nouvelles du Tzigane ; je l'ai revu ! Par le plus grand des hasards.

Il m'avait donné rendez-vous au *Bouis-Bouis* pour le soir même ; le soir même, j'étais, moi, dans mon joli dodo, et je pensais à la tête anxieuse de mon Pays-Chaud guettant la porte d'entrée avec l'espérance de m'en voir surgir.

Cette nuit-là, j'ai eu des rêves compliqués où je m'évoquais courant à travers le Louvre, à bride abattue, tandis qu'Abdul-Hamid me poursuivait en jouant le *Beau Danube bleu* sur un alto, et il me criait : « N'ayez pas peur, je ne suis pas méchant ; donnez-moi seulement votre adresse. »

Et nous traversions des couloirs, nous grimpions des escaliers ; et j'étais très vexée parce que nous croisions le président Cherbois, qui ne daignait pas me saluer ; je me suis réveillée le lendemain, brisée de fati-

; je t'ai écrit deux jours après et je suis allée moi-même mettre ma lettre à la poste, rue Meissonier.

— JE VOUS AVOUE QUE JE L'IGNORE : DITES-LE-MOI, JE LE SAURAI.

A dîner, Roger me dit :

— Sortons-nous ce soir ?

Je n'avais aucune « idée de théâtre ». Mais j'étais dans un bon jour, Roger m'agaçait moins que d'habitude ; je lui répondis :

— Si ça vous fait plaisir.

— Voulez-vous que nous allions à Montmartre ?

— Soit ; autant Montmartre qu'ailleurs.

— On vient d'ouvrir un cabaret artistique...

— Encore ?

— C'est très amusant ; votre cousine Valentine y a passé une heure avec son mari ; elle s'est follement amusée. On dit là, paraît-il, des choses tellement raides qu'on ne les comprend plus.

— Comment s'appelle ce pince-grue ?

— Le *Taudis*... attendez, non ! Le *Bouis-Bouis !* Pourquoi riez-vous ?

— C'est le nom qui m'égaie.

Je ne pouvais pourtant pas lui dire : « Je pense que votre invitation arrive trois jours trop tard ! »

Bon ; je m'habille (il paraît qu'il faut s'habiller), nous partons ; après un tas de recherches, nous trouvons le *Bouis-Bouis* au fond d'un quartier sinistre, tout en haut de la Butte ; seulement, à la porte du cabaret, une file d'équipages chics. Roger renvoie la voiture : « Nous rentrerons en fiacre. » Rien ne m'est plus désagréable.

Nous pénétrons dans l'établissement ; tu n'as pas idée d'une chaufferette pareille : une toute petite salle où l'on a casé douze rangées de dix fauteuils (comment ? je me le demande encore) devant une estrade supportant un piano droit et deux paravents ; là dedans, cent cinquante personnes empilées ; une chaleur de bain turc, une atmosphère composée de tous les relents humains, mêlés aux muscs et aux parfums des filles, aux odeurs de pétrole et de gaz.

La décoration est fruste : des lampions éclairés à l'électricité, des éventails japonais, des affiches illustrées, des masques, et des peintures bizarres ; les tentures sont en toile d'emballage.

Quant à l'assistance, rien que des habits et des toilettes ; beaucoup de « du monde » ravis de respirer dans cette étuve innomable et beaucoup de grues dispendieuses ; tout ce monde est ému à l'idée de voir « des artistes » de près. Les artistes-chansonniers sont en général des messieurs mal vestonnés qui, les mains dans les poches, chantent tantôt des choses gaies avec un air triste, tantôt des choses tristes avec un air gai ; une ou deux dames viennent de temps en temps filtrer leur vinaigre dans les *Chansons ingénues* où il est question de Chevaliers, de Damoiselles, de Pages, de destriers et de tout le bric-à-brac moyenâgeux ; il y a encore pour elles les *Chansons villageoises* ; Colin et Jeannette s'en vont au bois joli cueillir la fraise, la cerise, la framboise, les mûres, les noix ou tout autre fruit à influence évidemment aphrodisiaque ; tous deux se laissent choir sur la mousse, sous la feuillée, et Colin montre à Jeannette... Non, ces choses-là me crispent comme si on me frottait la plante des pieds avec du papier de verre.

Et le troubadour sentimental ! Le seul de la bande qui ait une redingote et une cravate 1830, et qui chante la romance amoureuse : « Nous nous sommes aimés... nous ne nous aimons plus... tu en aimes une autre... oh ! comme on s'aimait ! Ah ! Ta main, ton bras, ton col, ta taille, ta poitrine, ta perfidie, ton inconstance... » Ces mécomptes amoureux sont soupirés par de jeunes gens à tête d'expéditionnaire ou de calicot ; on imagine mal qu'ils aient l'âme ravagée par le regret des amours défuntes.

Le spectacle m'écœurait ; cependant les femmes honnêtes paraissaient s'amuser beaucoup ; les grues s'ennuyaient, mais elles ne voulaient pas être en reste avec les femmes honnêtes, et elles craquaient leurs gants à force d'applaudir. Et il en défilait, et il en défilait toujours des « cher camarade Un Tel dans ses *Chansons ignobles* » ou des « Bon poète Machin dans ses *Stances malpropres* » ; ils partaient du fond de la salle, dérangeaient les spectateurs pour gagner l'estrade et, après avoir béni l'assistance d'un regard de mépris las, ils jetaient leurs couplets, va-comme-je-te chante, ce sera toujours trop bon pour eux

BON POÈTE MACHIN DANS SES
« STANCES MALPROPRES ».

On avait envie de leur crier : « Vous savez, si vous vous ennuyez, vous pouvez vous en aller, nous ne réclamerons pas l'argent.

Je me penchai vers Roger :

On releva la rampe, tandis que le piano attaquait une marche de sortie.

— Vous ne trouvez pas que c'est encore plus idiot que le café-concert ?

— Mais non, je vous assure.

Il s'amusait, le misérable ! A l'entr'acte, pendant que l'on faisait semblant de renouveler l'air, j'effectue de nouvelles tentatives pour partir ; mon mari me répond :

— Si vous n'êtes pas fatiguée, restons pour la Revue.

Il y avait encore une Revue ! *Vadrouille-Revue !* Je rageais ; impossible de bouger. J'étais prise entre le « conjoint mâle » et une forte personne à figure rouge que la chaleur vernissait ; au moment où l'on frappe les trois coups, j'entends la voix du placeur qui crie derrière moi : « Monsieur ! tenez... par ici... il y a une place vide à côté de madame ! »

*Madame*, c'était moi ; je l'appris en voyant entrer dans notre rangée. qui ?... tu l'as deviné, le señor Ramon Garcia de La Véga, déjà nommé, externe. En m'apercevant, il entamait un heureux sourire. précurseur des paroles significatives, quand je me penchai vers Roger sous prétexte de lui demander son programme ; le sourire ci-dessus s'effaça soudain. Chocolat prit l'air indifférent de l'homme sans arrière-pensée ; il s'assit près de moi, c'est-à-dire qu'il inséra le quart d'un rein entre moi et la dame opulente ; puis, graduellement, par des pesées successives, il repoussa cette dernière et parvint enfin à installer un rein entier ; cela lui suffit.

Je t'avoue que le cœur me battait un peu fort ; une farandole de questions me traversa la tête : « Comment a-t-il su que je serais là ce soir ? Est-il venu chaque soir depuis l'autre jour ? Que me veut-il ? A-t-il compris que je suis avec mon mari ? M'adressera-t-il la parole ? » Du coin de l'œil, je l'observais ; on eût juré qu'il prenait le plus vif intérêt au spectacle.

Quel spectacle ? Je n'en sais ma foi rien ; j'entendais confusément qu'il s'agissait d'une Moralité pour goitreux, jouée par des personnages allégoriques tels que la Vadrouille, le Toupet et la Noce ; chacune de ces idées générales chantait à son tour un couplet sur les guêtres du Président, sur les divers ministres, sur la Russie, sur des événements d'un intérêt périmé, le tout relié par des calembours d'un autre âge. Près de moi, Roger riait aux éclats, et je suppliais intérieurement la Providence :

« Mon Dieu, que mon mari ne s'aperçoive de rien ! »

Il est d'une jalousie ridicule ; il suffit que l'on me regarde un peu longtemps pour qu'il se croie offensé ; encore, s'il s'en prenait à ceux qui me regardent. mais il s'en prend à moi qui n'en puis mais ! Jusqu'ici, l'admiration à moi témoignée par mes contemporains ne m'a rapporté que des scènes épouvantables.

Juste à ce moment de mes réflexions, je sens quelque chose qui frôle mon gant ; je veux retirer ma main, pas moyen ; une autre main la retient enfermée ; à l'abri de son pardessus qu'il avait plié et disposé sur son bras gauche. mon voisin s'était emparé de mes phalanges et les tenait captives dans sa paume droite.

Qu'est-ce que tu eusses fait à ma place ? J'aurais dû avertir Roger ; je m'en abstins, pour les raisons exposées plus haut ; il y aurait eu esclandre, échange de gifles peut-être. Me dégager ? ouitche. essaye ! Et puis, impossible de remuer sans attirer l'attention de mon mari ; ma main se débattait ainsi qu'une souris prise au piège ; insensiblement et toujours à l'abri de son paletot, le brigand finit par maîtriser mon avant-bras en l'insérant entre son coude et son torse ; tu vois d'ici le drame intime ; j'avais une peur atroce que Roger ne se détournât vers nous. Heureusement, tandis que je me démenais, on projetait sur un écran des images lumineuses, au bénéfice desquelles on avait baissé la lumière. Je renonçai à lutter.

Alors, maître de la situation, Abdul-Hamid desserra un peu les doigts et se mit à me caresser la main doucement, très doucement. J'éprouvai une curieuse impression, à la fois agaçante et délicieuse ; je la ressentais à travers le gant, elle était ainsi lointaine et précise à la fois. Ayant pris mon parti de ce que je ne pouvais empêcher, je passai cinq minutes vraiment inédites ; tu n'as pas idée de tout ce qui me tourbillonna dans le cerveau durant ces instants ;

Je vécus un roman fantastique, rempli de péripéties folles et d'incidents assez baroques. Cette caresse, d'une sensualité si vague, me poussa vers des rêveries que je n'avais jamais eues avec cette netteté. Même aux heures de sommeil où la cohue des visions se presse en notre tête, je n'avais pas connu un pareil désarroi...

Enfin il lâcha ma main et je sentis presque du regret que cela n'eût pas plus duré ; mais il était temps que le jeu cessât. On releva la rampe, tandis que le piano attaquait une marche de sortie. Je me ressaisis ; j'étais furieuse, je m'en voulais de m'être abandonnée à ce manège.

Dame ! il faut bien l'avouer : à la fin, le bras ne serrait plus...

Je résolus de perdre mon Espagnol dans la foule ; j'y réussis en tirant Roger d'autorité ; c'est-à-dire que je gagnai quelques mètres d'avance, suffisants pour nous permettre de donner notre adresse au fiacre sans être entendus. Comme nous partions, mon persécuteur sortait du *Bouis-Bouis ;* le cocher disait à Roger :

— C'est dans le quartier Monceau ?

— Oui.

L'autre a dû saisir le renseignement au vol ; mais s'il me déniche dans le quartier Monceau, sans avoir ni mon nom ni mon adresse, c'est qu'il possède une riche persévérance.

Ne te moque pas de moi ; en somme, je suis désolée de me savoir aux trousses une espèce de Mexicain ; je n'ose plus quitter l'hôtel, je redoute de le trouver de planton à ma porte ; et si on apprenait une pareille histoire, quel ridicule ! « Oh ! la petite comtesse de Luz qui flirte avec un homme jaune ! » Et les interrogations narquoises : « Qui était ce Jus-de-Réglisse, qui vous serrait de si près au *Bouis-Bouis ?* »

Ne montre pas ma lettre à Gérard, je t'en supplie ; il n'est pas assez discret ; gardons nos secrets entre femmes.

J'ai fait toutes les commissions indiquées dans ta lettre ; j'ai vu le fourreur, il prendra ton manteau de ta part chez M. Censy, avec les autres pelleteries ; nous sommes en avril, c'est le printemps, sauf erreur, car le froid est plus pinçant que jamais. Je vois tous les trois jours Valentine le soir. Chaque fois elle me confie mille amabilités à ton adresse. C'est de la monnaie de guenon ; si tu ne t'arranges pas avec ton mari, les plus empressées te tourneront le dos, voilà mon avis.

La modiste livrera dans une quinzaine ; les modes ne sont pas encore sorties, à cause du froid. Pour les gaufrettes, tu les recevras par colis postal ; j'ai mis sur la boîte : *Médicaments*, afin de rassurer les Sœurs.

Je t'embrasse bien fort ; amitiés à Gérard.

IV

### Dans la Nuit

ROSETTE<br>
Je crois plutôt que c'est une fée !<br>
TRIVELIN<br>
Oh ! oh ! Il faudrait s'en assurer.<br>
La Reine Mab, acte III.

Excuse-moi, ma chérie ; j'aurais dû te donner des nouvelles plus tôt ; mais rien ne pressait, les négociations sont en bonne voie ; quant à moi, je n'ai pas eu le loisir de te répondre, je suis mêlée à un véritable roman ; tu sais, je commence à croire que c'est l'Aventure, la belle Aventure ; on me l'aurait annoncé il y a trois semaines dans les cartes : *Un homme brun... pour la bagatelle... ayant de l'argent... Méfiez-vous d'un blond...* » j'aurais haussé les épaules. Aujourd'hui, je me rends à l'évidence : il y a « un homme brun » dans ma vie, et j'ai bien peur que ce ne soit « pour la bagatelle ».

Après tout, tant pis ! je ne suis pas allée le chercher, il découvrira bien un jour que je me moque de lui, et, vrai, il faut être fat comme il l'est pour ne pas voir clairement combien il m'amuse.

Le jeu n'est pas méchant ; dès qu'il deviendra dangereux, je l'arrêterai ; j'aurai ainsi tous les avantages d'une intrigue sans les désagréments ; j'aurai le mystère, l'inquiétude, le secret à garder, la confidence à t'écrire, une occupation de pensée ; je combinerai des rendez-vous, je débiterai du sentimentalisme à la grosse et je m'imaginerai que je trompe mon mari.

Mais pour aller plus loin, que non ! Me vois-tu... hum !... et avec cet homme de couleur ? Tu te rappelle quand Glaris racontait que la duchesse de W... s'était offert un lutteur turc des Folies-Bergère ; une fois bonne fortune faite, le lutteur ne voulait plus s'en aller de chez elle, et on a dû chercher des gardiens de la paix pour l'emporter. Ce souvenir suffit à garder ma vertu (on dirait un vers de Racine). Roger pourrait me permettre l'intermezzo que j'essaie en ce moment.

D'ailleurs, je suis sûre de moi, je saurai rétablir les distances, sans avoir recours aux gardiens de la paix. Je me divertis à complètement affoler mon amoureux ; je goûte le plaisir des dompteuses. Je t'assure, une cravache, des jupons de gaze, un corsage noir étoilé de médailles et mes cheveux dénoués, voilà le costume qui me siérait.

Quand t'ai-je écrit en dernier lieu ? Il y a au moins huit jours ? Oui. Le lendemain je pensais un peu à Bon Zan (Jus-de-Réglisse, mon aomureux), puis, le surlendemain, je lui accordai encore une aumône de pensée ; trois jours après, je ne songeais plus à personne ; j'avais repris ma tranquillité, j'osais monter en voiture sans regarder auparavant les

cotisations annuelles aux susdites Sociétés. Dire que, par-dessus le marché, je suis obligée de lui faire des scènes de jalousie, par-ci par-là, dans les neiges, pour n'avoir pas l'air indifférente ; sinon il se vexerait. Enfin !)

Donc, Roger devait me reprendre vers minuit ; il faut lui rendre cette justice : il est expéditif. Trajet, causerie et... le reste compris, deux heures lui suffisent pour ses escapades.

J'étais à peine depuis dix minutes chez ma cousine, je me sentis un peu souffrante ; je priai Valentine d'avertir mon mari à son retour et de lui dire que j'étais rentrée. On me proposa de me reconduire, on insista, je refusai ; nous demeurons tout à côté, la rue Brémontier coupe l'avenue de Wagram. Sans doute l'avenue de Wagram, la nuit, n'a rien de très rassurant, mais je m'affermissais en songeant à des sujets gais, à toi, à la petite fille de Valentine, à un livre que je lis avant de m'endormir ; et je marchais, je marchais !

Je n'étais plus qu'à cent mètres du tournant où d'ordinaire je dépose ma peur et relève la tête, quand j'entendis des pas derrière moi.

Le sang me sauta aux oreilles, je me dis :

— Ça y est ! Un voleur ! S'il voit mes bijoux, je suis fraîche !

Et pas un passant dans l'avenue, pas un agent (nécessairement ; ce quartier les attriste). Les pas

trottoirs environnants. La semaine s'écoula, vide d'incidents.

Un soir nous passons chez Valentine après le dîner, c'est-à-dire que Roger m'y conduit avant d'aller à la Salle des Sociétés savantes.

(Quand Roger m'annonce la Salle des Sociétés savantes, je n'ai qu'à regarder le flacon d'odeur et l'envoi du fleuriste ; je suis fixée. Pauvre homme ! s'il se doutait de ce que j'en pense, il économiserait ses

se rapprochaient ; alors je prends ma lâcheté à deux mains et je me mets à courir ; l'autre court aussi, plus vite que moi, rattrapée, je me retourne, et je me trouve nez à nez avec le fameux Ramon qui me salue gravement de ces mots :

— Bonsoir, chère madame. Comment allez-vous depuis l'autre semaine ?

J'ai tout de suite ressaisi mon aplomb ;

— Vous me ferez donc peur chaque fois que je vous rencontrerai?

— Oh! que je suis confus! Aussi, vous vous sauvez!

— C'est que vous courez après moi! On prévient!

— Je ne voulais pas vous suivre; c'est mal élevé...

— Vous vous en apercevez?

— Je voulais vous dépasser, puis revenir sur mes pas, vous saluer comme par hasard et vous parler.

— Maintenant, laissez-moi continuer mon chemin; je rentre chez moi, et si mon mari...

— Oh! votre mari n'est pas pressé!

— Au contraire; et vous me mettez en retard...

— Votre mari est, à cette heure-ci, rue Jasmin, à Auteuil.

(La Société savante de mon mari est à Auteuil, paraît-il; mais de qui Chocolat tenait-il ce détail? Je le lui demandai tout bonnement.)

— Je devrais vous le laisser ignorer, me répondit-il. De la sorte, vous auriez de moi une meilleure idée; je me poserais comme un être mystérieux qui sait tout ce que l'on désire lui cacher. Allons, j'avoue : l'autre jour, j'avais entendu ce monsieur blond... votre mari, n'est-ce pas?

— Oui.

— Je m'en doutais... Il avait donné au cocher votre adresse, mais trop bas pour que je l'entendisse; l'autre s'est penché en disant : « C'est dans le quartier Monceau? » Un instant j'ai songé à m'accrocher derrière la voiture afin de savoir où vous alliez; je suis très leste. Mais ce n'était pas pratique; j'aurais attiré l'attention du cocher, au moins celle des passants, j'aurais amené des complications fâcheuses...

— En effet.

— Je m'en suis remis au Hasard, au bienfaisant Hasard qui arrange toujours les événements de manière à réunir ceux qui doivent être réunis.

— Nous deux, par exemple?

— Parfaitement; tenez, vous partiriez demain pour Pernambouc sans m'avertir; la première personne qui vous saluerait à votre débarquement, ce serait moi.

— Pourquoi vous plutôt qu'un autre?

— Parce que; il est écrit que nous devons lier connaissance ensemble. Il serait, par conséquent, inutile de me cacher votre nom plus longtemps et votre adresse.

Il me raisonne débitait son raisonnement sur un ton d'assurance qui me réjouissait; cet homme-là possède une voix exquise, d'une musique très prenante; imagine la voix de Sarah, dans un registre un peu grave; c'est un régal de l'écouter. Je m'explique le succès de certains rastas par la séduction de leur voix, et puis ils écorchent le français d'une si curieuse façon! Le señor Ramon parle correctement; à peine s'il accroche un peu les *r*, s'il veloute un peu les *j* : « Vous êtes d'une beauté rharhe » ou « une iolie ieune figlle! » J'adore ça; on pourrait me dire toutes les inepties du monde avec cette voix-là. Il continua :

— Depuis notre dernière entrevue je parcours chaque jour ce quartier, vers deux heures et le soir à cette heure-ci; je guette les voitures, les salons illuminés dans les hôtels. Votre voiture s'est arrêtée avenue de Wagram, juste devant moi; vous êtes descendue, vous m'avez frôlé; votre mari vous a suivie jusqu'à la porte de la maison; dès que vous l'avez refermée il a glissé au cocher à voix basse : « Rue Jasmin! » J'en ai conclu qu'il voulait se rendre à votre insu rue Jasmin.

Il se tut quelques instants et reprit ensuite :

— Je pense que votre mari vous trompe rue Jasmin ; voulez-vous que je m'en assure demain ?

— Merci ; je n'attache aucune importance à la fidélité de mon mari.

— Vous ne l'aimez pas ? J'en étais certain.

— Bah ! Et quelle raison aviez-vous d'en être certain ?

— Il a le genre des niais blonds ; il a une grande barbe dont il est fier et il est rose de bonne santé ; toutes raisons pour être un niais ; vous ne l'aimez pas.

— Vous vous trompez !

Je n'avais pas mis assez de force dans cette dernière protestation : il rit bruyamment :

— Vous vous défendez en affirmant que vous aimez votre mari ; si vous l'aimiez, il ne serait pas rue Jasmin, ou vous y seriez avec lui.

La rigueur de ce raisonnement me frappa ; je n'insistai pas. Nous étions rue Brémontier, je distinguais les fenêtres de l'hôtel. Mais je ne me souciais pas d'être accompagnée de mon chaperon bistre ; or il ne paraissait pas d'humeur à me laisser partir seule. Il tenait à connaître « mon nom et ma demeure », comme on chante dans les opéras-comiques. Et après ? Il m'écrirait des lettres mal ignifugées, des invitations à la valse ; mon cher mari se présenterait à point nommé pour ouvrir ces épîtres ; alors il faudrait lui fournir des explications auxquelles il n'ajouterait aucune foi parce qu'elles seraient sincères. Ou bien le señor Ramon se posterait sous mes fenêtres, s'attellerait à ma suite, me cramponnerait. Ah ! non ! Je m'arrêtai à ce parti : l'entraîner loin de l'hôtel et le perdre ensuite, tel le Petit Poucet.

Et puis j'avais une soirée à employer, mon malaise s'était dissipé, les rues s'ouvraient larges et propices. J'acceptai gaiement l'aventure.

D'abord je résolus de nous éloigner de la rue Brémontier, dangereuse à cette heure où les domestiques vont boire aux sources avoisinantes, leur service terminé. Je tiens beaucoup à l'estime des gens de maison.

Donc, gagner du temps, quoique le perdant agréablement, semer mon cavalier à la faveur d'un passage grillé, boulevard Pereire, et rentrer avant l'arrivée de Roger.

Ah ! tu vas rue Jasmin !

Quand le seigneur de La Vega me questionna sur la route à suivre, je lui répondis hardiment :

— A gauche ; boulevard Pereire.

— Vous rentrez ?

— Trop curieux, mon cher monsieur. Je désire vous cacher l'endroit où j'habite. Adressez-vous au nommé Hasard ; il vous renseignera.

Il faisait très beau, une nuit claire, barrée à l'horizon d'une frange noire qui montait lentement, la frange d'une giboulée sournoise, striée par moments d'éclairs silencieux. J'aime le calme profond qui précède les ondées de printemps ; à de longs intervalles, un souffle d'air chaud avant-coureur de l'orage, venu de tout là-bas, secoue les feuilles des marronniers et détache les pétales de leurs petits thyrses fleuris ; nous étions boulevard Pereire.

De loin, les talus du chemin de fer, garnis d'arbustes, semblaient une étrange rivière muette, dont une grille défendait les bords : il flottait au-dessus comme une buée vespérale, telle qu'il en est au-dessus des étangs (sans doute la fumée des trains persiste longtemps après leur passage) ; des marronniers poussaient à même l'asphalte, sur la rive entre les réverbères. L'ombre était plus lourde sous les arbres, elle me tentait, et j'emmenai mon compagnon loin des lumières. Un banc nous attendait et nous nous assîmes, tournant le dos à la route ; j'étais énervée par l'orage, heureuse en même temps, heureuse d'être au monde et de commettre une escapade. Aucun gêneur ne troublait notre tête-à-tête une bouffée d'air effarouchait par instants le repos des marronniers ; de temps à autre, un cocher attardé rythmant une chanson au trot lassé de son cheval, ou bien un couple de sergents de ville s'étudiant à fondre en un seul bruit le heurt alternatif de leurs talons sur le trottoir. Au loin, une horloge d'usine sonnait les demies ; le son des cloches s'étendait en ondes jusqu'à nous et j'en étais comme pénétr e.

(Tu auras la bonté de remarquer que voilà une description nocturne où la lune a été systématiquement oubliée.)

Seulement le chevalier Ramon n'avait aucune complaisance pour le décor ; il jugea qu'il convenait de ne point s'attarder à des silences sans résultat ; il reprit nos relations où il les avait quittées, il saisit ma main pour la triturer selon la précédente formule ; je la retirai vivement et posai la question avec toute la netteté désirable :

— Mon cher monsieur, ne vous imaginez pas que si je suis ici, ce soit pour votre bon plaisir ; non. Je prends un peu l'air avant de rentrer chez moi, je m'assieds au bord de cette paisible rivière. Vous m'imposez votre compagnie...

— *Imposer* est dur...

— Vous me proposez votre compagnie ; je suis forcée de l'accepter, mais à condition que vous ne risquiez plus de facéties dans le goût decelle-là. Sinon, je vous fausserai la susdite compagnie.

« Est-ce compris ?

— Oui. Au moins, je suis près de vous, c'est toujours ça !

Je le regardai ; il était dans la projection lumineuse du réverbère le plus voisin ; il faisait la tête du chat qui guigne la boîte au lait.

Je dénichai un sujet de conversation :

— En premier lieu, qui êtes-vous ?

— Ramon Garcia de La...

— ... Vega, vous l'avez dit ; mais je voudrais de plus amples détails.

— Et si je vous les refusais ?

— Je prendrais sur moi de me consoler. Parlons d'autre chose.

— Non, je suis plus confiant que vous ; vous avez mon nom : apprenez que j'habite à l'Hôtel Clifton, rue d'Hauteville. Je suis commissionnaire en tableaux, et j'achète pour l'Amérique. Ça n'a pas l'air d'un métier, c'en est un tout de même. Etes-vous contente ?

— Pas encore.

— Bon. J'ai 32 ans.

— Pas plus ?

— Oh ! on m'en attribue 38 ; c'est à cause de mon teint.

— Vous êtes étranger ? Espagnol ?

— Non ; fils de

AUCUN GÊNEUR NE TROUBLA NOTRE TÊTE-A-TÊTE.

Français et de Brésilienne. C'est le soleil qui m'a valu ce teint ; mais j'ai de belles dents, de beaux yeux...

Textuel ; cet homme se juge irrésistible et il le déclare sans fausse modestie, simplement pour rendre hommage à la vérité ; il appuie sa démonstration d'exemples dans ce genre : « J'ai été très aimé ; ainsi, en Italie, une femme s'est empoisonnée à cause de moi : si vous désirez, je vous citerai le nom ; on l'a sauvée, elle se porte bien... du moins on me l'affirme.

— Et vous ? Vous êtes-vous suicidé par amour ?

--- Oh ! moi, je suis trop sérieux !

Tout l'entretien a été de cette allure ; peu à peu mon sauvage s'est animé, il m'a raconté son existence d'un bout à l'autre, une existence de Peau-Rouge. Je te la résume ; je retire du récit les compliments à moi adressés : « J'étais aimé d'une femme superbe, pourtant moins jolie que vous », ou : « Elle avait les mains les plus fines du monde, moins fines que les vôtres, bien entendu ! » J'en retire aussi les compliments à lui adressés : « Comme je suis très brave ! » ou : « Comme je suis très habile ! »

D'après ce que je compris, il est le fils naturel d'un Français, commis-voyageur en champagne, et d'une maîtresse d'hôtel à Rio-de-Janeiro. (Un enfant naturel, ô Dumas !) Le Français l'abandonna ; il ne l'a plus revu. Je lui ai demandé s'il possédait la croix de son père ; il m'a répondu ingénument : « Non, ma mère a dû la vendre ; à son tour, elle m'abandonna quelques mois après ma naissance ; ça n'a pas d'importance ; je leur souhaite à tous les deux une mort honorable. »

Il fut élevé dans la rue ; c'est la pépinière du génie. Je me suis laissé dire que d'Alembert... et d'autres encore ! Mon flirt basané accepta les fonctions de groom chez un médecin qui le prit en affection, se chargea de lui et le mit en pension, — une pension extraordinaire où il y avait des enfants de tous les pays qui se battaient au réfectoire pour s'arracher leurs rations. « J'ai appris la vie en deux mois, me dit-il, et je n'ai appris que cela durant les huit années que je passai là. »

Puis il se retrouva sur le pavé, parce qu'il avait mis à mal la nièce de son bienfaiteur. « Je n'aurais pas dû, c'était maladroit et pas correct ; mais comme elle était venue exprès, la nuit, dans ma chambre, et comme ses intentions étaient précises, j'ai craint de la désobliger en l'éconduisant. Elle eut le tort de traduire à trop haute voix la vivacité des impressions qu'elle ressentait : son oncle s'éveilla, nous surprit, et me chassa. J'ai peur qu'il n'ait conservé une fâcheuse opinion de moi. »

Il partit pour le Mexique où il s'engagea comme surveillant dans une ferme ; il avait à inspecter une exploitation qui s'étendait sur des lieues carrées de pays ; le jour, il parcourait le pays à cheval ; le soir, il fallait veiller en armes, la région n'étant pas sûre. (C'est un roman d'aventures à l'usage de la jeunesse que cet homme-là.) Des histoires de femmes le forcèrent de s'éloigner ; il s'établit à Manaos. Un homme de la ville lui avait conseillé le métier d'ingénieur, il le prit, avec le titre ; ayant obtenu la commande d'un système d'irrigation destiné à l'arrosage de la ville, il s'en tira tant bien que mal : « J'aurais fait ainsi une brillante fortune. Seulement, j'ai eu des scrupules, j'ai voulu apprendre mon métier. Dès ce moment, j'ai compromis mes affaires et j'ai dû quitter la ville. »

Il fut ensuite chercheur d'or ; c'est-à-dire qu'il partit avec un convoi vers les territoires miniers. Il s'arrêta en route, faute d'argent. Le métier le plus durable qu'il exerça fut celui de *guide d'émigrant* ; il rapatriait en Europe les malheureux venus en Amérique pour faire fortune et qui, dénués de ressources, demandaient à rentrer dans leur misère nationale :

« Je les embarquais, je les conduisais au Havre ; je repartais, emmenant d'autres émigrants à destination de l'Amérique. Il m'est arrivé souvent de contrôler à deux mois de distance les effets de l'espoir ou de la déception sur le même émigrant. Je m'ennuyai, à la longue, je quittai mon poste. Je voyageai en Turquie pour le compte d'une maison de tapis de Londres ; puis je me suis occupé de curiosités ; enfin, aujourd'hui j'achète des tableaux, des objets d'art, et je les expédie à New-York.

« Je suis très nomade ; ma profession exige que je sois sans cesse en route pour Vienne, Bucarest, Londres, Saint-Pétersbourg ; j'aime changer de place. Je devrais repartir ; mais, depuis que je vous ai rencontrée au Louvre, je ne puis me résoudre à vivre loin de vous. »

— Une déclaration !

— Oui ; je vous aime, et il faut que vous m'aimiez !

--- Comme ça ? Tout de suite ?

— Oh ! j'attendrai un peu ! Quand on ne m'aime pas du premier coup, j'attends que l'on m'aime.

— Et ça vous réussit ?

— Toujours.

Les trains, passant à de longs intervalles, nous couvraient de fumée ; un cocher en maraude nous héla :

« Montez dans ma voiture, vous serez mieux !... Un tour au Bois... ? ça ne se refuse pas. »

Il s'éloigna en nous adressant diverses injures.

J'étais très loin de la rue Brémontier ; l'histoire que mon compagnon me racontait m'amusait comme un livre de Mayne-Reid ; je suis prête à admettre qu'il ne m'a raconté que ce qui est « racontable ». Ce Peau-Rouge doit avoir eu des aventures pas banales, car il lui échappe parfois des mots qui décèlent une morale primitive, celle de l'Homme des Cavernes. On n'a pas ces dents blanches et pointues quand on a la conscience tranquille.

Mais il ne manque pas de personnalité ; il est à la fois souple et féroce. Il me câline, tout en racontant sans l'ombre d'émotion les tours qu'il a joués aux malheureuses dont il était l'amant. Il n'ajoute pas : « Si le cœur vous en dit ! » mais il me laisse entendre que la place est vacante.

Il collectionne les bonnes fortunes comme autant de scalps. Je n'ai jamais apprécié ce point d'honneur chez les hommes ; ils s'imaginent qu'il est glorieux d'avoir tenu dans ses bras un certain nombre de femmes. Don Juan a créé un déplorable précédent ; ne serait-il pas plus glorieux pour un homme de faire le bonheur d'une seule maîtresse, toute sa vie durant, que le malheur de mille et trois ? Cette idée-là est assez bourgeoise.

S'il se flatte de me séduire, il se trompe ; il embrasse mon gant avec une ferveu- extraordinaire ; il me l'a demandé comme relique, je le lui ai

accordé ; il s'est enhardi et j'ai dû sortir la cravache.

Comme onze heures sonnaient au beffroi, je me suis souvenue tout à coup que j'étais mariée au comte de Chantorey, que ledit comte allait rentrer, que j'avais juste le temps de le devancer et de dormir profondément à son arrivée.

Je me levai ; le sieur de La Vega se récria :

— Déjà ?

— Oui ; croyez-vous que je loge sous les ponts ?

— Les ponts abritent des personnes très bien, des anciens professeurs, des anciens notaires, des anciens banquiers et autres anciens honnêtes hommes. Je ne rougirais pas de dormir sous les ponts.

— Allez-y.

— Je vous accompagne d'abord.

— Non ; et j'exige votre parole ; je partirai seule, vous ne me suivrez pas, même de loin.

— Quelle idée !

— Je ne veux pas que vous sachiez mon adresse.

— Bon ! Je jure de ne pas vous suivre !

Je n'étais pas si sotte que de me laisser prendre ; je pensai : « Toi, mon cher, tu jures trop facilement ! » et je feignis d'être rassurée :

— J'ai confiance en vous. Adieu !

— Non ; au revoir !

— Je répète : Adieu !

— Je vous en supplie, puisque j'ai été très sage, dites-moi où je vous reverrai.

— Un homme qui a le Hasard à son service n'est pas embarrassé.

— Le Hasard demande à être encouragé.

— Ça l'humilierait ; c'est un grand maître.

— Tenez... après-demain.

— Impossible, après-demain.

— Alors lundi : vous n'avez pas d'empêchement ?

— A la rigueur. Cependant je ne puis continuer à causer ainsi, sur les routes, avec vous, surtout dans le jour. Donc, impossible pour lundi.

— Mais si ! l'Exposition du cercle des Vannés ferme ces jours-ci ; il n'y passe plus personne, à cette époque ; vers trois heures, vous serez là en sûreté ; je vous

attendrai. **Promettez-moi que vous viendrez.**

— Peut-être. Adieu.

— Un instant, je vous en prie ; à qui songerai-je d'ici là, quand je songerai à vous ? Dites-moi votre prénom, rien que votre prénom...

— Yvonne.

— Il est *joli !*

Là-dessus je lui tends la main qu'il embrasse avec l'ardeur du cannibale mangeant le missionnaire. Encore une tentative d'approche que je déjoue en me sauvant ; j'arrive bonne première à mon petit passage dont je referme la grille derrière moi. J'avais bien calculé, l'autre accourait sur mes talons ; il regarda la porte du passage, essaya d'ouvrir la grille, puis s'en fut murmurant à demi-voix : « Elle s'est fichue de moi ! »

En deux sauts, je rentrai à l'hôtel ; il était temps ; un orage épouvantable croulait sur Paris, avec tonnerre, éclairs, tintamarre de mauvais goût. Mon amoureux aura été mouillé jusqu'à l'âme ; c'est dommage, car il avait un bien joli complet fauve, et une cravate mordorée que la pluie gâtera.

Je n'irai pas aux Vannés lundi ; du moins, je n'irai que si Roger m'agace et me pousse à bout. En somme, il y a peut-être du danger ; si les Portugais sont toujours gais, les Brésiliens ne sont pas toujours commodes. Suppose que celui-là se mette en tête de me conquérir, malgré moi !... Décidément, non, je n'irai pas.

Je ne t'ai pas parlé de mes démarches ; que veux-tu ? mon aventure galante m'accapare. Je suis retournée au ministère, où j'ai mes petites entrées et la considération des huissiers. J'ai vu qui tu sais ; il m'a promis qu'il ferait auprès du juge nommé une démarche personnelle ; ce juge est un nommé Lacostevieille, très bon enfant, disposé à fermer les yeux. On lui revaudra ça.

Tu seras appelée prochainement en conciliation ; c'est une formalité ; je ne te conseille pas de te présenter, ça ne se fait jamais.

Ton mari a perdu son entrain ; il erre comme un corps en peine dans les établissements de plaisir et ne s'y amuse guère.

Je le verrai lundi soir, j'ai du monde. Je le bloquerai dans un coin et j'espère enlever l'affaire.

Je suis dans des transes continuelles; j'ai un trac inouï que mon Nubian ne découvre mon identité, mon adresse. et qu'il ne m'écrive; la lettre tomberait ès mains de Roger; je frémis; au demeurant, je suis ravie d'avoir un secret, un vrai secret à garder; aux repas, en regardant Roger, qui rêve à la rue Jasmin sans doute. je me répète en mon for intérieur : « Je possède son secret, et il ignore le mien, il l'ignorera toujours. »

Je te rapporte tout, à toi, d'abord parce que tu es mon amie, ensuite parce que j'ai besoin de partager mon mensonge avec quelqu'un. Je compte sur ta discrétion, surtout auprès de Gérard, qui est bavard.

Merci pour les confitures; il n'y a que les religieuses qui conservent l'art précieux de la gourmandise.

Je t'embrasse bien doucement, ma chère petite amie.

V

## Le dernier salon où l'on cause

> « Voire ! » dit Panurge...
>
> RABELAIS, *Pantagruel.*

Mais oui, tu as raison, c'est stupide, je risque de me compromettre; en outre, comme tu le dis fort bien, on a vu des dompteuses dévorées par leurs fauves; je me relis ta lettre pour me persuader, je sens que tu me parles comme une personne sage parle à un enfant qui touche aux armes à feu.

Cependant j'ai grand'peine à quitter si tôt une intrigue si peu sérieuse. Tu sais qu'*il* est amoureux fou; je m'applique à réveiller en lui le sauvage; à certaines minutes, je me demande s'il a envie de m'embrasser ou de m'étrangler tant il est affolé; alors je le calme, je lui fais calculer la distance qu'il y a entre moi et lui; j'achève de le désoler en lui jurant que je pars en voyage dans un mois; aussitôt il rentre en fureur.

— Je vous occupe avant votre départ.

— Pas longtemps.

— Vous vous plaisez à m'exaspérer, et ensuite vous me planterez là, sous prétexte que je ne suis qu'un rasta, un sale rasta.

— Réfléchissez; vous n'avez pas espéré une seconde que je vous prisse au sérieux...

— Parce que vous êtes comtesse, hein ?

— C'est une des raisons.

— D'abord, êtes-vous vraiment comtesse ?

— Je suis vraiment comtesse.

— Oh ! il faut que je vous croie sur parole; j'ai connu beaucoup de comtesses qui avaient tout juste la noblesse de robe et de banlieue, des Diane de Vaucresson. des Isabeau de Billancourt, des Bérengère de Chatou. J'aurais pu vous déclarer que j'étais comte, moi aussi; comte de La Vega. ça sonne bien.

— Bon. soyez comte; y avait-il des La Vega aux croisades ?

— Oui, seulement ils étaient du côté des Sarrasins, dans le camp ennemi.

Je t'avais écrit que je m'abstiendrais d'aller au cercle des Vannés. si Roger ne m'agaçait pas. J'étais presque sûre que Roger m'agacerait; pas du tout. Pendant quatre jours. par extraordinaire, il a été charmant comme s'il le faisait exprès, dans l'intention de m'ennuyer. J'avais beau rentrer dîner à des heures avancées, il m'attendait et ne réclamait aucune explication; je boudais, il déployait la plus allègre bonne humeur. J'ai fini par lui demander :

— Dans quel quartier est située la rue Jasmin ?

Il a failli s'étrangler de stupeur, je l'avais saisi au moment où il dévorait un pilon de pintade. Il m'a répondu : « J'ignore... je crois que c'est là-bas... à Passy... ou Auteuil. »

Il était rouge *comme un automate;* il ajouta, comme indifféremment :

— Vous avez affaire, rue Jasmin ?

— Oui, à l'Hôtel des Sociétés savantes.

Il y a des jours où l'on est prête à toutes les méchancetés; Roger a voulu me tenir tête:

— L'Hôtel des Sociétés savantes n'est pas rue Jasmin.

— Si, on l'a déplacé ! Vous m'y conduirez à la prochaine séance... Tenez, quand la Société pour la Repopulation de la France vous convoquera.

— Ma chère, si vous plaisantez, je vous avertis que je ne comprends plus.

— Avez-vous beaucoup de collègues pour la Société de la rue Jasmin?

— Je vous répète que j'ignore...

— On vous a signalé à Auteuil.

— Oh! j'allais visiter le président de la gauche monarchiste...

J'AI PRIS DES NOTES, HISTOIRE DE ME DONNER UNE CONTENANCE.

— Est-ce qu'il est *blonde?* ou *brune!*
Enfin! je tenais mon prétexte! Petit à petit, j'ai poussé Roger, il s'est

fâché à blanc, il a exigé des éclaircissements.

— Qui vous a raconté cette histoire?

— Mon petit doigt...

— C'est Glaris, je parie? ou de Pardieu?

— Ni l'un ni l'autre.

— Je suis sûr que c'est Glaris; il flirte avec vous depuis quelque temps (cher homme! on ne lui cache rien!), il m'attaque en dessous... C'est Glaris! ou le cocher peut-être? Si c'est le cocher, je le flanque à la porte!

Il s'est monté au point que je désirais; il m'a reproché ce qu'il me reproche d'ordinaire, ma coquetterie, mon égoïsme, mon manque d'ordre, mon insouciance du ménage, et je le regardais, songeant : « Va toujours, mon gros; j'en ai maintenant plus qu'il ne m'en fallait pour me décider; je serai demain aux Vannés. »

Et j'y suis allée; mon premier rendez-vous, ma chère petite. Je m'étais composé une toilette simple et seyante qui dégage bien ma ligne, ma svelte ligne; tu n'as pas idée comme j'étais printanière. Mon premier succès; je l'ai remporté au départ de la maison. Roger, que je boudais depuis la veille, a voulu se réconcilier, tant il me trouvait jolie. Ah! ouiche, je n'aurais pas lâché mon prétexte pour un empire, et puis j'aurais été en retard. J'ai repoussé Roger avec un : « Vous vous trompez de quartier; voyez à Auteuil! » Cette fois, le Seigneur s'est brossé, je ne lui ai pas offert de sacrifice.

Je hèle un fiacre avenue de Villiers. IL me débarque faubourg Saint-Honoré, devant le cercle des Vannés. C'était l'avant-dernier jour d'exposition, les salles se trouvaient à peu près vides. Pas de Ramon; j'étais un peu vexée d'arriver en avance, les valets de pied me dévisageaient et chuchotaient; j'ai tiré un petit carnet et j'ai pris des notes, histoire de me donner une contenance; c'est-à-dire que je griffonnais des phrases sans suite : « Si vous

toussez, prenez des pastilles Bonnat! Cet enfant a l'Henner malades! etc., etc. »
J'étais très inquiète : s'il n'allait pas venir ? La salle se garnissait peu à peu d'é- t r a n -

Il se trompait, je suis plutôt un portrait de Sargent ; l'autre a répondu :

— Oui, il vient visiter ses pauvres!

A mesure que l'heure s'avançait, le cœur me battait plus fort, un trac formidable m'avait prise, et j'énumérais mentalement toutes les bonnes raisons que j'avais de me sauver sans attendre mon reste ; toutefois, je ne me sauvai pas.

Au bout d'une cinquantaine de minutes, il arriva : une entrée à sensation ; du coup, on ne regardait plus les tableaux. Il avait revêtu pour la circonstance un costume beige, mais d'un beige qui trouvait le moyen d'être voyant ; avec ça une chemise bleue, bleue à hurler, une cravate verte, des souliers vernis (je devinai qu'il avait des chaussettes de soie rouge) Il s'était fait coiffer et, suivant le mot de Glaris, portait la moustache en escroc. Feutre gris, parbleu! Il s'avançait vers moi en souriant (toujours trente deux dents

— J'ENRAGE D'IGNO-RER QUI VOUS ÊTES, CE QUE VOUS FAITES...

gers, de provinciaux qui se donnaient le diabète à regarder des Bouguereau ; deux ou trois jeunes hommes à grands cheveux, vestons d'alpaga et pantalons à la hussarde, se tordaient de rire en regardant les cadres.

Comme ils passaient près de moi, un d'eux dit tout haut :

— Tiens! un portrait de Boldini.

comme précédemment).

Je m'empressai de lui tourner le dos ; il s'approcha et murmura :

— Aucun danger ; ces gens-là ne pas d'ici.

— On ne sait jamais, faites le tour par l'autre côté.

Ceci chuchoté à une petite araberie de Girardet.

J'avais remarqué en entrant un petit coin sombre dans le vestibule ; je m'y rendis et, pour déjouer l'ironie des valets de pied, j'entamai la comédie de la rencontre ; je tendis la main à Ramon : « Vous ici ! La bonne surprise ! Comme on se retrouve ! » Il me donna la réplique, et quand nous jugeâmes que la formalité était suffisante pour la valetaille, nous continuâmes la conversation à voix basse. Mon Peau-Rouge avait grand'peine à ne pas crier ; il était heureux et faisait craquer les *r* comme des noisettes ; je m'efforçai de le modérer :

— Je commets une grosse imprudence ; que pensera-t-on si on me surprend en train de causer avec vous? Vous êtes si voyant !

— Je vous aime, je vous aime ; j'ai promis de donner, si vous veniez, un louis à la mendiante qui vend des anneaux de sûreté à la porte. Je lui en donnerai deux. Je suis heureux, très heureux ! Que vous êtes bonne !

— Je ne serais pas venue, si j'avais eu autre chose à faire. D'ailleurs, vous êtes en retard.

— Les femmes sont rarement exactes au rendez-vous.

— Bien, une autre fois, je prendrai mieux mes mesures.

C'est curieux comme on trouve peu de choses à se dire, dans un premier rendez-vous ! On a remué ciel et terre pour se préparer une heure de causerie, on a combiné une série de mensonges pour ne pas manquer ; on se retrouve et... bouche close ; on s'aperçoit avec effroi qu'il va falloir dialoguer durant des éternités, et l'on n'a pas devant soi de quoi occuper le dixième du loisir accordé ; on s'en irait, si on osait...

Tous deux, nous nous taisions, gênés. Il a rompu le silence ; c'était son devoir d'homme :

— Et... avez-vous pensé à moi ?

— Comment donc ! J'ai pris sur mes nuits, n'ayant pas assez de mes journées.

— Vous ne me persuaderez pas que vous n'avez pas pensé à moi un petit peu ; moi, j'ai tellement pensé à vous !

— Vous, à la bonne heure : vous m'aimez.

— L'autre jour, je vous ai suivie ; vous vous êtes sauvée par un passage...

— Et je vous ai entendu, vous avez dit tout haut : « Elle s'est fichue de moi ! » Je soupçonnais bien que vous ne tiendriez pas votre parole. Pourquoi me suiviez-vous ?

— Pour savoir où vous habitiez.

— Serez-vous plus avancé ?

— Oui, je saurai votre nom.

— Mon nom ? Et puis ? Moi, je refuse de me faire connaître ; je préfère rester pour vous une personne féerique ; oui, une fée qui disparaîtra de votre existence comme elle y est entrée, à l'improviste. Je désire qu'il ne subsiste rien de moi, après que j'aurai passé, et que vous doutiez même de ma réalité.

— La main que je tiens dans ma main est réelle, pourtant !

Il s'était emparé de mes doigts et il les caressait comme l'autre soir au théâtre ; cela n'était pas autrement désagréable.

— Rien n'est réel, mon cher. Le charme d'une aventure réside dans le souvenir que l'on en gardera, aussi convient-il de préparer ce souvenir ; ignorez tout ce qui me préciserait trop à votre mémoire.

— Mais cela m'irrite et m'agace ! Je suis curieux comme une femme.

— Il m'est facile de vous donner un faux nom et une fausse adresse.

— Je vérifierais, j'ai mon moyen.

— Parions que je l'ai éventé ; vous vous posterez devant la maison d'où vous m'avez vue sortir, l'autre nuit, vous me guetterez et, à ma sortie, vous me filerez ?

— On ne vous cache rien.

— Vous avez mal calculé ; mon amie a quitté Paris (c'est vrai, Valentine est auprès de sa sœur et passe une quinzaine là-bas). Et puis, vous me croyez donc si maladroite que je me jette dans le piège tendu ? Vous m'aimerez sous mon nom d'Yvonne X... N'essayez pas de dégager l'inconnue.

— J'enrage d'ignorer qui vous êtes, ce que vous faites...

GLARIS ME PARLAIT DE TRÈS PRÈS, J'ÉTAIS DÉCOLLETÉE.

— Je ne fais rien, j'habite une maison qui est à moi. Voilà.

— Vous êtes donc bien riche, pour avoir votre hôtel ?

— Assez riche ; les personnages de féerie sont en général à leur aise.

— Mais votre mari ?

— Il ne me gêne pas ; j'habite au premier étage une chambre où je pénètre seule, une chambre Empire toute blanche, tendue de bleu ; elle est située au fond d'un couloir ; de la sorte je m'appartiens, je suis à l'écart du monde. C'est là que je recouvre ma liberté.

— Vos enfants n'habitent pas près de vous ?

— Je n'ai pas d'enfants ; le ciel n'a pas béni mon union et je l'en remercie ; je n'ai près de moi que mes robes.

— Vos robes et votre mari ?

— Pourquoi voulez-vous que mon mari soit près de moi ? Il est à l'autre bout du couloir. Dieu ! il ne hante même pas mes rêves ; comme je vous le disais, il ne me gêne guère ; j'ajoute que je le gêne encore moins. Comprenez-vous, maintenant ? Je ne vous donnerais pas ces détails si vous connaissiez mon nom. L'incognito me permet toutes les libertés ; aussi j'y tiens !

Il réfléchit longuement ; il avait lâché ma main, il la reprit :

— Je suis très flatté, s'il est vrai que vous soyez une comtesse authentique. Vous me plaisiez d'abord ; désormais, je ne consentirai pas à vous perdre. Je veux... oui... je veux que vous deveniez ma...

— N'achevez pas ! Je complète. N'espérez pas que je me prête à ces projets.

— Il ne s'agit pas de vous prêter, mais de vous donner. Je viendrai la nuit, j'escaladerai vos fenêtres, et vous me recevrez.

Voilà le flirt au Brésil ; il me semble parfois que je marivaude avec Chingackgook ou la Panthère-Furieuse ; je suis la Visage-Pâle qu'il voudrait emmener dans son wigwam et il roule des yeux féroces : « C'est pour mieux te regarder, mon enfant ! »

Il y a une Providence ! Juste au moment où la conversation languissait, nous avons eu une alerte épouvantable ; mon amoureux s'était rapproché de moi, et il entamait une série d'opérations stratégiques pour tourner la position et s'emparer de ma taille ; j'avais l'air de ne pas remarquer ces travaux d'approche et j'attendais, avant de me fâcher, l'impression de son bras autour de mes hanches. Soudain, je vois entrer... Glaris ; il s'avançait doucement, en se dandinant ; vite je baissai ma voilette et me rejetai dans l'ombre en chuchotant à mon voisin : « Tenez-vous tranquille, ou je suis perdue. »

Glaris passa tout contre nous ; il me toisa de cet air vague des myopes, il ne me reconnut pas et entra dans la salle ; vite je me préparais à courir vers la sortie, quand Glaris reparut dans le vestibule, non plus seul, cette fois, mais accompagné d'une petite femme fadasse et souffreteuse, l'air d'une modiste sans place ou d'une Mimi Pinson en convalescence...

Hein ? ce Glaris, tout de même ! Lui qui nous racontait à mots couverts ses bonnes fortunes inespérées, qui raisonnait des choses de passion ainsi qu'un connaisseur des cœurs les plus hautains ! Le Glaris que l'on consulte sur les cas de conscience les plus délicats, qui passe pour le flirt le plus difficile. Il court le modillon !

Cette fois, il était absorbé par sa compagne qui lui faisait une scène affreuse, très haut :

« Toujours en retard ! J'en ai assez de figer à t'attendre, pendant que tu fais le joli cœur chez les duchesses ! Depuis trois ans que nous sommes ensemble, tu... »

La suite du discours se perdit dans l'escalier. Ils sont ensemble depuis trois ans ! Pauvre Glaris !

Je l'avais échappé belle ; aussi je me suis juré de ne plus recommencer. Comme je me levais pour partir, Ramon me demanda :

— Quand nous reverrons-nous ?

— Sais pas.

— Demain ?

— Pas libre.

— Alors, quand ?

— Je suis pressée ; écoutez, si vous m'obéissez, nous nous reverrons.

— Je suis à vos ordres ; que dois-je faire ?

— Vous passerez devant moi ; devant moi vous prendrez une voiture qui vous emmènera par les grands boulevards ; vous ne chercherez pas à tricher. Moyennant quoi, je vous écrirai pour vous fixer un autre rendez-vous.

Il s'est soumis de bonne grâce et je suis rentrée.

Le soir, Roger avait prévenu quelques amis ; après le dîner, je me suis isolée au bout du salon, sur le divan de coin ; les yeux fermés, je repassais ma journée. Je ne regrettais rien ; certes, on aurait pu me voir, mais tant pis ! J'ai compris maintenant l'attrait de l'Aventure : la bravade. Je joue avec le danger. Le blason des comtes de Chantorey, sans parler de celui des Valleures, me donne de graves inquiétudes ; pour la première fois depuis que je suis mariée, je ne m'ennuie pas. J'ai mon roman à moi. Dame ! il n'est pas extraordinaire ! On prend ce qu'on trouve. Aussi bien, je ne me fais aucune illusion sur cette intrigue ; elle n'a que l'intérêt d'un exercice pratique ; j'apprends pour quand ce sera sérieux, je me fais la main : plus tard mes expériences me serviront.

Glaris, que j'avais à peine vu à table, s'est approché de moi ; j'ai songé à le faire marcher un peu, afin de le punir de sa vantardise :

— Où étiez-vous cet après-midi ?

Il a pris un air mystérieux et m'a répondu :

— Ah ! voilà ; je cherchais une nouvelle manière de commettre le péché.

— Direz-vous avec qui ?

— C'était avec Marguerite de Bourgogne.

— Elle ne doit plus être très jeune. Glaris, vous avez la nature de l'éléphant qui se cache pour aimer. Qui est-ce, Elle ?

— Je ne connais rien de plus méprisable qu'un amant indiscret.

— Soit, ne la nommez pas, la chère aimée. D'ailleurs je la devine... Faut-il la décrire ? Vous me direz si je tombe juste ?

— Oui.

— Elle est petite, blonde, d'un blond déteint, je parie ; elle porte le deuil perpétuellement ; elle a la figure anguleuse, une mise propre, sans goût, l'allure d'une grisette, et pas de poitrine ; est-ce cela ?

Je lui avais décrit son collage ; il n'a pas sourcillé :

— Qui vous porte à croire que j'aime une pareille horreur ?

— C'est que vous êtes sentimental, tel un collégien ; vous seriez capable de dévouer votre vie au bonheur d'un trottin poitrinaire.

— Vous n'y êtes pas ; la personne avec laquelle j'ai, le plus récemment, échangé des fantaisies, est grande, belle, imposante...

Il continuait, mais je ne l'écoutais plus, je revoyais le modillon rageur : « Depuis trois ans que nous sommes ensemble !... »

Peu à peu, Glaris m'a glissé des galanteries ; je les accueillais sans broncher ; il s'est enhardi, insinuant que son cœur était libre. J'objectai la belle imposante personne. Quelque enviable et flatteuse que fût sa dernière conquête, il se déclarait prêt à l'abandonner ; tandis qu'il parlait, je le comparais à l'autre, l'Homme des pampas ; assurément, il était plus civilisé, il avait l'art de présenter dans de meilleurs termes l'invitation à dormir ensemble ; il ne me malaxait pas les phalanges, et si le désir donne aux regards de tous les hommes une certaine férocité suppliante, du moins les yeux de Glaris ne menaçaient-ils pas comme les yeux de l'autre ; mais c'est ce qui m'a toujours arrêtée. J'aimerai tant être brutalisée ! oh ! un peu, pas beaucoup, une douce violence : et Glaris est incapable de battre une femme même avec une fleur de rhétorique.

Ils sont tous taillés sur ce modèle, autour de moi ; ils respectent les femmes à tel point que c'en est humiliant. Glaris me parlait de très près, j'étais décolletée ; s'il m'avait embrassé au moins l'épaule, j'aurais eu ce que je méritais (et, vrai, je le mérite). Je pensais : « Va-t-il essayer ? » Pas du tout ; son nez ne remuait même pas. A la place de Glaris, mon Brésilien aurait sauté sur l'occasion. Au cercle, ses prunelles brillaient, c'était amusant au possible.

Glaris s'était levé, de guerre lasse, sur cette déclaration : « Vous êtes de glace, vous frapperiez le champagne ! » Moi ! si on peut dire ! Quelle rage ont-ils de rejeter leur insuccès sur la froideur des femmes ?

Après Glaris, de Pardieu a pris place près de moi, puis Senambre ; on aurait dit une figure de cotillon. Tous ont le même système d'invite à mots couverts, les mêmes formules. Pas une attaque à fond ; et toujours la peur de donner la comédie de la sincérité.

Et je me suis retirée chez moi, fatiguée d'une fatigue inconnue, retenant une grosse envie de pleurer. Une heure de rêvasserie à la fenêtre, à épier les couples qui se promènent dans notre rue. J'éprouvais une telle détresse de solitude que je commis une lâcheté. Je pris le peignoir des grandes nuits, je me parai de mon mieux, et j'allai frapper à la porte de Roger ; il était à sa table, étalant des cartes pour une réussite ; à peine s'il leva la tête à mon entrée.

— Tiens, c'est vous ? Vous n'êtes pas souffrante ?

— Un petit malaise ; je m'ennuyais, j'ai aperçu de la lumière chez vous.

— Asseyez-vous... le dix se place... la fumée vous aura porté à la tête... ils fument tous des cigares trop... Oh ! une case vide.... trop noirs.

— Il y a longtemps que je ne vous avais rendu visite, le soir.

— Oui... à qui la faute ? Vous étiez fatiguée par vos courses... Bon ! un sept bloqué !... Charmante soirée, hein ?

— Souper par petites tables !... Ils m'agacent tous. Nous devrions vivre un peu ensemble, vous et moi, ne trouvez-vous pas ?

— Nous vivons ensemble, jamais je ne dîne dehors... Où fourrer ma dame de trèfle ?... Je suis le mari modèle.

— Quittez là ces cartes, j'ai à vous parler...

— Parlez, j'écoute ; ça m'occupe les mains... Qu'est-ce qui vous amène ?...

— Eh bien, j'ai peur que nous ne soyons pas tout à fait aussi heureux que nous pourrions l'être.

— On n'est jamais aussi heureux qu'on pourrait l'être... Cependant, s'il dépend de

moi... Sacré sept ! encore une de ratée !... Tiens, vous avez les yeux rouges ! Pourquoi ? vous êtes triste ?

— Non... les nerfs... la soirée !

— Ah ! Eh bien ! savez-vous ce qu'il faut faire ? Il faut vous coucher à l'instant, ma chère amie ; du repos, il n'y a que ça.

— Il n'y a que cela ? vous croyez ? Bonsoir.

Je suis partie ; il n'avait pas vu qu'il fallait me prendre dans ses bras, et me bercer, et me confesser très doucement. Mais il n'était pas « disposé », il s'est débarrassé de moi en me renvoyant. Et je me suis endormie, la gorge serrée, comme quand j'étais petite et qu'on m'envoyait coucher sans dessert. Et j'ai songé que ce n'était pas juste et que j'avais le droit d'être heureuse, malgré tout et malgré mon mari.

Je termine cette lettre, vieille de deux jours ; ce matin, la tête dégagée, je considère les choses, je trouve que je suis ridicule de risquer ma situation mondaine, simplement pour cause de printemps.

Je reçois ta réponse, je la lis, je la relis ; tantôt j'écrirai au seigneur de La Véga que je pars pour le Midi ; deux mots sur une carte-lettre et j'aurai la paix.

Après réflexion, je n'écrirai même pas.

Je n'ai pas eu le temps de m'occuper de toi ces jours-ci ; mon mari avait invité M. Censy ; il a répondu que sa semaine était très chargée, qu'il n'avait pas une soirée à lui ; en effet, il les a cédées par traité à une jeune femme qui doit les remplir. Souhaitons qu'elle lui polisse le caractère. Dans quelque temps, je l'inviterai de nouveau ; j'ai préparé un petit discours que je tiens à lui placer.

Je suis allée voir l'abbé Vigot, afin de me nettoyer la conscience, je me suis confessée, j'ai avoué ma sortie aux Vannés ; l'abbé m'a refusé l'absolution. Comment trouves-tu ça ? Un homme qui dîne trois fois par semaine à la maison !

Je t'embrasse bien fort comme je t'aime.

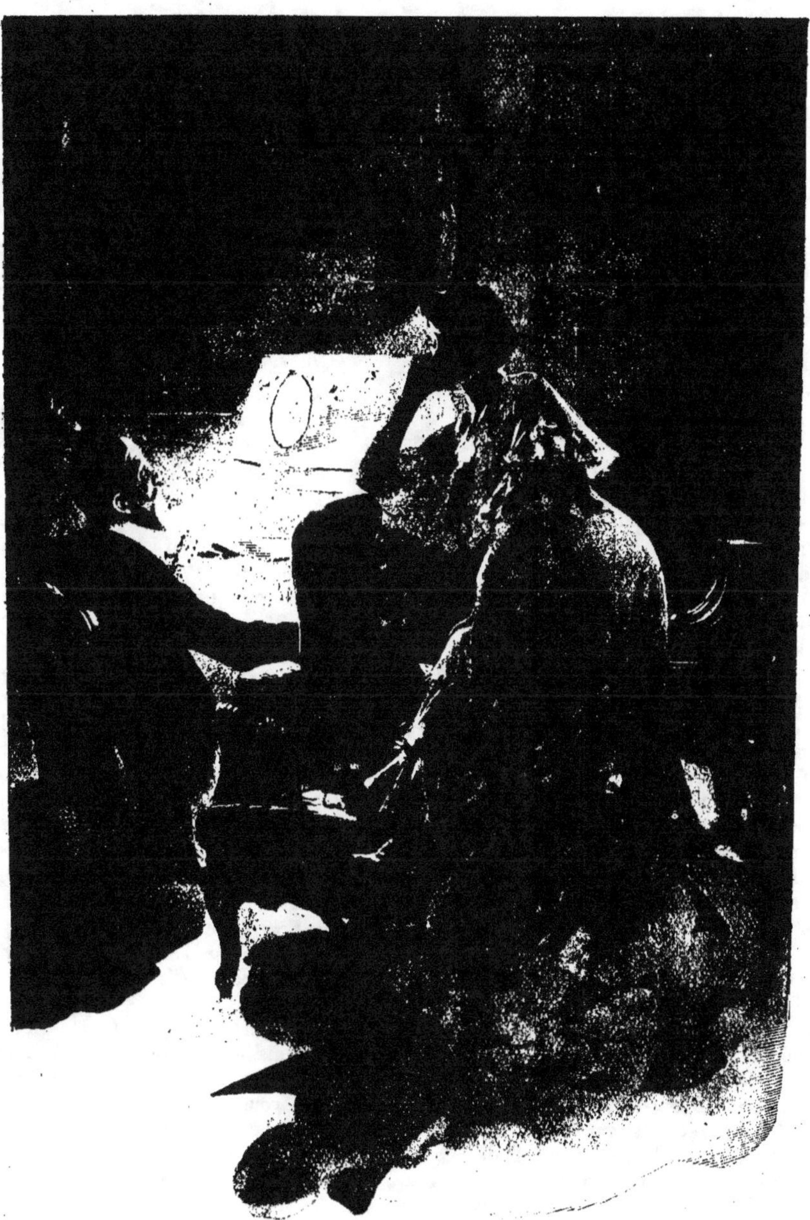



— ON N'EST JAMAIS AUSSI HEUREUX QU'ON POURRAIT L'ÊTRE.

## VI

### Chez le roi-martyr

> Ayons le courage de le dire :
> Louis XVI n'a pas volé son châ-
> timent.
>
> *(Ascours prononcé au dernier
> banquet de la Jeunesse roya-
> liste.)*

Non, je ne t'oublie pas ; je suis très coupable, j'aurais dû t'écrire plus tôt ; le temps
m'a manqué, le courage aussi. Je suis en
plein désarroi ; tu me pardonnerais d'avoir
négligé tes intérêts, si tu savais comme je
traite les miens.

Pourtant j'ai obtenu l'entrevue avec
M⁰ Harduin-Béhague. Il s'est montré plus
doux ; en résumé, M. Censy n'est plus op-
posé à tes projets ; il consentirait presque
à retirer sa plainte ; mais il répugne à la
comédie des « injures et sévices graves ».
Il est tout à fait consolé. On le dit du
dernier bien avec une chanteuse de la
Scala.

Pourquoi appelle-t-on le « dernier bien »
ce qui est en réalité le « premier mal » ?
O l'illogisme de certaines locutions ! Donc,
sois heureuse : encore un effort, et tu auras
un divorce présentable.

Tu m'envoies d'excellents conseils au
moment où je n'en ai plus besoin. Je suis
comme l'Empire ; il ne me reste plus une
faute à commettre ; si, je me trompe, il
m'en reste une ; mais c'est moins une faute
qu'une formalité ; c'est le « dernier bien »
de tout à l'heure.

Encore que je fusse sûre de moi, j'avais
pris la ferme résolution de ne plus revoir
mon amoureux en maroquin ; je me suis
tenu parole pendant une semaine, et pour
éviter les rencontres fâcheuses je m'étais
cloîtrée rue Brémontier, ne sortant ni jambe
ni tête et me consacrant à des travaux absurdes, tels que la perfection d'une layette
de luxe destinée à des enfants pauvres et
jadis abandonnée. J'avais déjà constaté des
résultats excellents : je ne pensais plus
à l'Autre. Je m'étais tracé un programme
inspiré par une sorte de discipline mo-
nacale, afin de distraire ma folle du logis.

J'avais recopié le programme sur un joli
vélin :

RÈGLEMENT DE VIE

*Lever*, à 9 heures.
*Toilette*, de 9 h. 1/4 à 10 h. 1/4.
*Correspondance*, 10 h. 1/4 à 11 h. 1/2.
*Direction ménage*, 11 h. 1/2 à midi.
*Déjeuner*, midi à 1 h.
*Roger et journaux*, 1 h. à 2 h.
*Travail*, de 2 h. à 4 h.
*Musique*, de 4 h. à 5 h. 1/2.
*Toilette*, de 5 h. 1/2 à 7 h.
*Dîner*, de 7 h. 1/2 à 8 h. 1/2.
*Divers ou Roger*, de 8 h. 1/2 à 10 h.
*Lecture*, de 10 h. à 11 h. 3/4.
*Coucher* à minuit.

Etait-ce assez ingénieux ? J'avais combiné mon affaire de façon à n'être jamais
seule ou oisive.

J'étais presque sauvée ; je reprenais
mon indifférence et rien ne me manquait
plus.

A quoi tient le sort des grands empires
que l'on prend sur soi-même ! Précisément,
Roger s'avise de se manifester plus odieux
que jamais ; d'abord il me quitte aux heures
où j'aurais désiré être avec lui (cf. le règlement) et il me cramponne lorsqu'il aurait
dû me laisser à mon isolement ; le démon de
la sottise (il s'appelle Lésion) lui a soufflé
une inspiration de taquineries malheureuses
alternant avec des galanteries lourdes ; ayant
perquisitionné chez moi, il attrapa la petite
carte sur laquelle j'avais écrit mon règlement d'existence ; il l'apprit par cœur, et il
me le récitait :

— Ce matin, vous vous êtes levée en
retard d'une heure... vous n'avez écrit qu'une
lettre et vous avez supprimé les *Soins du
ménage ;* vous avez négligé votre heure de
musique ancienne... Hier, vous vous êtes
couchée trop tard !...

Je me contenais de mon mieux, je ser-
rais les dents avec des rages intimes à le
voir démolir mes bonnes résolutions ; pour
un peu je l'eusse averti. De la tendresse,
du silence, c'est tout ce que je lui demandais. Est-il si difficile pour un mari de

comprendre sa femme ? A combien de mal entendus nous sommes-nous heurtés, Roger et moi, faute de confiance et de défiance opportunes ! Les hommes, aussitôt après leur mariage, perdent le sentiment de l'à-propos.

La patience m'a échappé ; à la suite d'un déjeuner où Roger m'avait excédée, j'ai grimpé dans ma chambre, j'ai pleuré d'énervement et j'ai renoncé à lutter plus longtemps ; si l'Autre avait été là, ça n'aurait pas traîné !

Une carte-télégramme traînait à portée ; j'ai vite gribouillé : « *Venez demain, à cinq heures...* » Je me suis arrêtée net. Où Ramon me rejoindrait-il, demain à cinq heures ? Paris est une ville mal organisée pour les rendez-vous. Le Cercle des Vannés avait clos son exposition. Les Musées ? Je n'ai jamais pu m'y orienter ; du reste, ils ferment de très bonne heure, au moment où on aurait envie de les visiter. Et puis, je cherchais un endroit à proximité du quartier ; le Parc Monceau ? Dangereux ; les mères de famille s'y attardent à oxygéner leur progéniture, les hommes y fument le dernier cigare avant le dîner. Une seconde j'ai pensé au square Delaborde, près de Saint-Augustin ; je me rappelais que Gérard t'y espéra, tandis qu'il dessinait les bébés familiers (il appelait ça : croquer le marmot), mais tu m'avais raconté que l'on était vus et encouragés par les soldats de la caserne voisine (la Pépinière, je crois). J'ai renoncé à distraire le désœuvrement des sergents et des consignés.

J'ai cherché partout : le bureau d'omnibus ? Excellent pour se retrouver mais impraticable lorsque l'on veut y rester, ne fût ce qu'une demi-heure. Qui donc publiera un *Guide-Manuel des amoureux dans Paris*, indiquant les endroits commodes, les heures auxquelles on n'est pas délogé, les maisons à deux sorties, les rues peu fréquentées, le prix de revient d'une garçonnière, les manières de correspondre ? Il y a une fortune à faire avec cette idée-là !

Donc, j'hésitais entre le square Vintimille et un fiacre fermé : le square Vintimille me parut triste, très petit et mal abrité : une volière trop étroite, encombrée d'un Berlioz terrifiant ; le fiacre autorisait des audaces. Soudain mes yeux s'arrêtèrent sur la silhouette découpée de Louis XVI qui orne la galerie de mon bureau : Louis XVI... décapitation... grand crime.. expiation ! ah !. . *Square expiatoire !*... sombre, peu fréquenté... c'est ça :

*« Venez demain, cinq heures, Square expiatoire, boulevard Haussmann ; entrée par la rue des Mathurins.*

« *Yv...* »

Et je mis l'adresse :

Monsieur Ramon Garcia de La Vega,

Hôtel Clifton,

Rue d'Hauteville.

« Venez demain, cinq heures...

Je portai moi-même la carte à la boîte ; en la jetant, j'hésitai ; la voix secrète qui apprécie mes actes me souffla : « Ma fille, tu commets peut-être une sottise ! » De pareilles constatations ne tirent pas à conséquence ; si je me suis toujours rendu compte des sottises que j'allais faire, je ne les ai pas moins faites d'un cœur léger. Après cette courte discussion intime, je m'appliquai à ne plus anticiper sur la journée du lendemain ; je brûlai mon Règlement d'existence, et je lus dans la *Revue de Paris* un article judicieux, fort bien écrit, sur les « Devoirs de la femme moderne ». Je n'en ai pas gardé une bribe, tellement j'étais loin de ma lecture. Déjà je goûtai cette impression d'attente et de curiosité vagues, la veille de mon mariage. Je dormis mal. Cela me désola, car j'ai mauvais teint quand je n'ai pas eu mon compte de sommeil.

Je me levai fiévreuse et fâcheusement disposée à l'égard du genre humain, la peau sèche, les paumes pleines de rancune. Mais le temps était délicieux, en promesse d'une journée douce ; un arroseur qui distribuait de la fraîcheur sur la chaussée m'adressa le regard du mitron à M^{me} Récamier. Aussitôt je me sentis heureuse de vivre et je m'apprêtai de mon mieux ; la journée s'écoula, j'étais dans cet état intermédiaire qui précède les grandes crises.

Vers quatre heures, j'achevais de me parer, lorsque ma belle-sœur des Valleures me tomba du ciel ; plus moyen de m'en débarrasser :

— Vous sortez, chère petite ?

— Oui...

— Oh ! je vous retarde ?

— Nullement ; je ne me gêne pas avec vous ; j'ai rendez-vous chez Sarah Block ; un essayage.

— C'est sacré ! Je vous accompagnerai, ma chérie.

— Du tout ! Par exemple ! Je n'accepte pas ! Votre temps est compté...

— Mais j'ai tout mon temps à moi ! Je ne vous abandonnerai pas ; et je serais si contente de voir les modèles de Sarah Block !

Elle causait ; je voyais la pendule marquer le quart... En avant les grands moyens !

— Avant mon essayage, j'ai une autre course dont je ne saurais me dispenser ; vous la ferez avec moi.

— Volontiers...

— Je visite de pauvres gens qui ont un bébé malade de la typhoïde ; je m'intéresse beaucoup à eux ; il faut que vous voyiez quelle misère il y a là-dedans ! J'en sors régulièrement à demi évanouie de dégoût ; de quoi suffoquer !

Ça n'a pas raté ; ma chère belle-sœur a pâli, s'est encensé le nez avec son flacon de sels, puis, au bout de deux minutes, après avoir consulté son porte-cartes, elle s'est écriée (oh ! le sourire jaunâtre !) :

« Suis-je étourdie ! Moi qui oubliais que j'ai séance à cinq heures, aux Dames de la Propagande ! Désolée de vous fausser compagnie, ma chérie ; je vous dédommagerai une autre fois ! »

Et bonjour, bonsoir ! je la reconduis, je saute dans un fiacre, je débarque derrière le square. J'avais ce court retard qui, pour une femme, équivaut à l'exactitude.

Le jardin est tout petit ; au milieu s'érige l'horrible monument imposé à la mémoire de Louis XVI en expiation de son incapacité. (Moi, je ne professe aucune estime pour les gens qui périssent sur l'échafaud.) Jamais je n'avais eu la curiosité de vérifier le mauvais goût de cet édicule qui tient de la niche et du train de marchandises. Il me semblait réservé à la piété des gens de l'arrondissement. Il y a ainsi à Paris une foule de monuments et d'enclos inutiles que j'ignore ; on m'a dit qu'il existait une Sainte-Chapelle et j'ai confusément entendu parler des Buttes-Chaumont ; je les situe, auprès du square Montsouris, au hasard, dans le vaste pays de l'Inconnu.

Je m'engageai dans le jardin en essayant d'afficher une assurance de femme habituée ; une seule allée tourne autour d'une pelouse dont le gazon rare souffre d'une précoce calvitie ; çà et là le marronnier, l'éternel marronnier parisien qui alterne dans notre flore municipale avec le platane chlorotique.

J'évoluai parmi les moutards appliqués à lancer habilement leurs cerceaux dans les jambes des grandes personnes, de manière

Chacun, en passant, jette un regard a la mémoire du roi-martyr.

à les faire choir, en fouettant les bottines d'icelles en guise de toupie.

Je trouvai Ramon en train de lire les *Débats roses*, à l'ombre d'un distributeur automatique de bonbons ; je fus humiliée parce qu'il avait l'air aussi absorbé dans sa lecture que les jeunes gens observés au Salon de Lecture du Louvre ; il ne pensait plus à moi, il s'était assis sur un banc et il avait marqué une place à côté de lui ; l'endroit me déplut, comme trop exposé, à peine séparé du boulevard Haussmann par une grille basse ; à cinq heures, il circule beaucoup de monde entre Saint-Augustin et la rue Auber, et naturellement chacun en passant jette un petit regard à la mémoire du Roi-Martyr ; je pouvais être reconnue, au hasard d'une de ces dévotions ; aussi je heurtai le genou de mon amoureux ; il sauta sur ses pieds et me suivit.

La partie du square donnant sur la rue des Mathurins était plus sûre ; or, j'avais compté sans la marmaille turbulente qui piaillait de préférence dans ce coin-là, parce qu'il est plus exposé au soleil ; en outre, par malechance, les chaises et les bancs étaient tous occupés par des bonnes syndiquées pour le raccommodage des jupons en commun, ou par des citoyens peu fortunés, dormant côte à côte sur ceux des sièges qui sont gratuits. Après une double revue, je dus renoncer ; nul des ayants-droit ne se disposait à nous céder la place ; Ramon qui marchait à ma suite, nous tira d'embarras. « Le monument », me souffla-t-il ; et il grimpa le perron conduisant à la dernière demeure de Louis XVI.

Une fois dans le vestibule, à l'abri des regards, il me tendit la main :

— Vous êtes exquise, me dit-il ; je désespérais, j'avais presque cru vous perdre ; j'étais malheureux, je regrettais d'avoir eu confiance en vous et je vous en voulais de m'avoir abusé ; et je reçois votre bleu.

— Je n'ai pas pu vous l'envoyer plus tôt.

— Vous savez que je vous aime de jour en jour plus fort.

— Je vous en conjure, observez-vous ! lâchez mon bras.

Il pressait mon poignet contre ses lèvres, à le mordre. Un homme vêtu d'une vareuse bleu-marine et coiffé d'une casquette à lettres jaillit soudain de la muraille ; il nous demanda si nous voulions visiter le tombeau. Il avait la figure que l'on prête à l'abbé Constantin, plus un fort accent alsacien. Que faire ? S'exécuter, puisqu'il n'y avait pas de place pour nous au dehors : au moins j'étais assurée de la discrétion du regretté Louis XVI. Ramon murmura : « Visitons, nous serons à l'abri, en attendant l'heure où les bonnes rentrent les enfants. »

Le gardien nous ouvrit une porte ; aidée par Ramon, je montai par un autre escalier conduisant à une espèce d'esplanade gazonnée ; un chemin de gravier, qui mène à la chapelle du fond, coupe l'esplanade en deux ; des rosiers s'étiolent de distance en distance.

L'abbé Constantin commença : « Ce monument fut élevé à la mémoire des Suisses de la garde royale qui se sont fait tuer pour la défense du roi Louis XVI ; ils sont enterrés cinq cents d'un côté, trois cents de l'autre. » Que de Suisses ! D'où vient qu'Edouard Rod a échappé au massacre, et Cherbuliez aussi ? « On a enterré avec eux la princesse de Lamballe et Charlotte Corday qui assassina Murat.

— Non... Marat ?

— Pardon... Murat. »

Je n'insiste plus ; aussi bien j'ai peine à admettre ce détail funéraire ; en tout cas, je n'aimerais pas dormir mon dernier sommeil en compagnie de huit cents Suisses.

Je suis un peu vexée de ce que tous mes efforts de la veille, ma diplomatie, mes combinaisons astucieuses aboutissent à la visite du mausolée royal ; nous pénétrons dans la chapelle, meublée comme la crypte d'une source ferrugineuse ; au fond, l'autel. « Vous voyez à droite la statue du Roi dans les bras d'un ange qui représente le prêtre, lequel prononça les paroles : « Montez au ciel, fils de saint Louis ! » A gauche, cette statue représente la reine Marie-Antoinette soutenue par la Religion, sous les traits de Madame Elisabeth ! »

Moi, j'en avais assez et je serais partie volontiers. Mais le terrible Alsacien nous

A CE MOMENT, JE SENS DEUX LÈVRES AVIDES SE POSER SUR LES MIENNES.

ordonna de descendre par un étroit escalier
tournant qui s'enfonçait derrière « la Religion sous les traits de Madame Elisabeth ».
Dociles à son geste et semblables aux jeunes
chrétiens jetés à la fosse aux lions, nous
nous engageâmes dans le colimaçon ; et dès
les premières marches, j'eus l'intuition qu'il
allait se passer quelque chose de grave. En
effet, jusqu'au premier palier, nous étions
éclairés par l'obscure clarté qui tombait de
la voûte ; mais à partir du palier l'escal'er
se précipitait à travers les ténèbres ; l'occasion était admirable, d'autant que Ramon
me soutenait, et que, un peu énervée, je
faisais la lourde, afin de m'appuyer contre
lui. Le gardien dirigeait la descente : « Attention ! Il y a dix marches, une... deux...
trois... quatre... »

Nous étions dans la nuit.

« Cinq... six... sept... huit... » Je sentis
que mon bras était soudain serré, et le frô-
lement d'une moustache chatouilla ma joue.
J'eus un brusque écart et :

« Neuf... dix... »

J'arrivai en pleine lumière dans un petit
caveau à serrer le bois de chauffage, ga-
ranti par une série de grilles destinées à
honorer les restes du royal serrurier.

Evidemment, parvenue là, j'aurais dû
lancer à Ramon le « regard sévère » ; il
montrait une figure tellement calme et désin-
téressée que je crus m'être trompée... « Ici
reposent les dépouilles mortelles du roi
Louis XVI et de la reine Marie-Antoinette,
à neuf mètres de profondeur. Les osse-
ments ont été apportés avec la terre qui les
entourait. » C'est tout... pas le moindre jugement historique sur ces deux grandes vic-
times de leur propre incurie.

Le gardien nous précède, je le vois passer dans la lumière au palier supérieur ; le
tournant, il disparaît, son pas sonne sous la
voûte... A ce moment, dans l'obscurité, je
sens deux lèvres avides se poser sur les
miennes et je reçois un baiser !... oh ! ma
chérie !... un baiser violent, impérieux, tenace... un baiser à me décoiffer, un baiser-
morsu... tel que ma voilette en fut trouée
du coup... un baiser si surprenant que, malgré moi... je le rendis... Cela dura une demi-
seconde à peine : mais j'étais prise de vertige, je chancelais et Ramon dut presque
me remonter.

Le gardien nous attendait près de l'autel ; nous avions épuisé la liste des curiosités que le monument nous offrait. Le syl-
phe du froid plafond n'avait plus à nous
montrer que la sortie. Mais nous laissions
derrière nous à Louis XVI quelque chose
de plus à expier : mon premier baiser de
braconne.

Encore l'esplanade, puis l'escalier ; sous
le vestibule, l'abbé Constantin tendit la
paume, reçut une monnaie, nous fit vérifier,
d'un large sourire, l'absence de ses dents et
courut proposer à une famille d'Anglais
l'exhibition de l'Eternel Prisonnier.

J'avais rattrapé une partie de mon
aplomb ; néanmoins, je sortis avec l'impression d'être comme changée, dépouillée de
mon prestige et n'ayant plus droit à l'attitude hautaine qui est l'apanage d'une comtesse de Chantorey, née des Valleures. Jusqu'ici, j'avais considéré cette intrigue comme
un jeu me donnant, pour tromper mon
ennui, l'illusion de l'Aventure ; je me
croyais libre de l'arrêter à mon gré ; mais,
quoi qu'il arrive désormais, cet homme
n'aura pas moins eu sur moi les droits que
j'aurais voulu lui refuser... Bref, je ne do-
minais plus la situation ; il avait suffi
d'un baiser donné sous le couvert de
Louis XVI pour modifier tout.

Ce baiser me cuisait encore ; j'étais à la
fois contente et furieuse ; furieuse d'avoir
été surprise, furieuse d'avoir été passive, passive, furieuse surtout d'avoir accordé sans
lutte et sans obtenir d'avantage égal ce que
je considère comme une faveur très grande :
la promesse d'un premier péché. J'étais furieuse parce que cet homme qui est assez
simple a dû se dire : « Hé ? Voyez-vous ces
comtesses qui font tant leurs renchéries ;
c'est bâti comme la première venue ! On les
a comme les autres, en les brusquant. »
*Comme les autres !*

Parbleu ! je ne lui ôterai pas ça de
l'idée ; d'autant plus que, maintenant, il
recommencera tant qu'il lui plaira et je
ne pourrai l'en empêcher ; je lui ai accordé
mes lèvres une fois, quelle raison aurais-je
de les lui refuser, à l'avenir ?

LES DEUX AMANTS, RASSURÉS, AVAIENT PRIS LE PARTI DE S'ÉTREINDRE.

... Et elles sont fort expertes, ses lèvres, à lui !

Le jardin cette fois était à peu près vide ; sans me consulter, Ramon prit deux fauteuils de fer et les plaça à l'abri d'un buisson, dans la petite allée qui tourne derrière la chapelle ; je n'avais plus rien à dire et je ne sais quelle tristesse m'avait saisie. Nous étions dans ce jour faux et humide qui est le fade crépuscule des jardins parisiens. Avoir envie de pleurer, sans motif, tout bonnement parce qu'il y a de la mélancolie inutile dans l'air et parce que l'on est mécontente d'être dupe de soi-même ! J'ai souvent éprouvé cet attendrissement stupide où les nerfs, la fatigue, le printemps vous conduisent, comme aussi la volupté de pleurer pour pleurer.

Il me demanda :

— Vous avez du chagrin ?

— Non.

— Vous avez du chagrin, j'en suis sûr ; vos yeux sont tristes.

— Que vous importe ?

LE GARDIEN NOUS ATTENDAIT PRÈS DE L'AUTEL.

— Je voudrais savoir votre peine, afin de la consoler ; dites-la-moi, je vous en supplie !

Il continua ainsi durant quelques minutes ; la difficulté était de trouver une cause à ce chagrin ; je cherchais à part moi, car mon amoureux sauvage n'eût pas compris que la vraie raison était sans doute l'absence de raison. Enfin, de lui-même, il me fournit un prétexte :

— J'ai deviné ! Votre mari vous fait souffrir !

Je ne m'attendais pas à celle-là ; en réponse, je grimaçai une moue dubitative qu'il interpréta ainsi :

— Vous ne l'accusez pas, vous êtes trop douce ; dites-moi ce qu'il vous a fait ?

— A quoi bon ?

— Je vous vengerai.

— Comment ?

— Je le suivrai quand il ira rue Jasmin et je lui briserai une côte — ou deux.

Il envisage l'existence avec simplicité ; cet enfant naturel est en même temps un enfant de la nature. Je me hâtai de lui répondre :

— Vous vous trompez, mon mari n'est pour rien dans ma tristesse. C'est la vie sotte que je mène qui m'attriste.

— Puisque je vous aime, vous ne devez pas être triste.

Une femme maigre qui, à l'instar des Indiens Siriniris, portait une sacoche sur le ventre et qui agitait son carnet de souches ainsi qu'un gris-gris, vint nous réclamer la rançon de nos fauteuils. Ramon lui tendit une pièce, et je remarquai qu'il avait la main très fine, une main de fainéant.

— Vous avez trop de bagues.

— Vous trouvez ? C'est *ioli* pourtant.

— Un homme ne porte pas de bijoux.

— Vraiment ? Alors je vais vous donner les miens.

— Merci, je n'en porte pas.

— Comment ! votre mari ne vous a pas donné de bijoux ?

— Si, j'en ai beaucoup ; mais je ne les mets jamais ; ils restent dans mon coffret, et le coffret, je l'enferme dans un petit secrétaire. Les bijoux, ça se transmet de mère en fille, chez nous, et comme ils sont précieux (il y a parmi eux des cadeaux de souverains à mes aïeules) on ne les sort qu'une fois l'an ; de la sorte, chacune de nous n'est que dépositaire de ces choses précieuses.

Il réfléchit, puis il me dit :

— Il en est ainsi de toutes choses ; personne ne possède rien. Le mineur trouve la pierre, le marchand la lui prend, le joaillier la prend au marchand, l'acheteur la prend au joaillier...

— Et à l'acheteur? Qui la lui prend?

— Le voleur à qui la justice la reprend; tout va des mains tendues aux mains furtives et aux mains ouvertes.

Durant les silences, nous regardions les passants de six heures; les magasins de modes nous envoyaient des bandes de petites créatures joyeuses, de celles que l'on nomme si joliment des *frisquettes;* en traversant devant nous, elles se retournaient avec des rires sournois et pas malveillants; l'une, plus hardie, cria : « Embrasse-la donc, Hernani! » Il se mit à rire d'une façon suffisante, et cela m'exaspéra.

— Vous trouvez drôle qu'elles se moquent de nous?

— Elles ne se moquent pas, elles me donnent un bon conseil...

— Que je ne vous engage pas à suivre. Oh! que vous

m'agacez, que vous m'agacez! Allons-nous-en!

— Vous êtes venue pour partir si tôt?

— Je ne sais pas pourquoi je suis venue... si, je suis venue pour vous dire que j'en avais assez, que vous ne me reverriez jamais.

— Quel mal ai-je fait?

— Moi, je fais mal; je ne continuerai pas : je me suis amusée un instant à cette plaisanterie; je serais coupable si je la prolongeais.

— Et puis? Je ne me plains pas, au contraire; je ne demande qu'à rester votre jouet.

— Assurément; mais ce qui s'est passé tout à l'heure n'est plus de jeu.

— Que s'est-il passé?

— Près de Louis XVI; cela achève de me décider. Dites-moi adieu et séparons-nous.

— Vous ne parlez pas sérieusement!

— Mais si! Je pars en voyage ces jours-ci, comme je vous l'ai annoncé.

— Non, ce n'est pas vrai; on ne part pas en voyage à cette époque de l'année.

— Quel que soit le prétexte dont je me serve, j'entends que vous l'acceptiez comme vrai.

— Soit, mais je veux vous revoir...

La nuit tombait peu à peu; il n'y avait plus dans le jardin que nous et un jeune homme seul sur un banc; une grande fille vint le retrouver, qui l'embrassa à pleine bouche; puis ils s'assirent et, les mains dans les mains, causèrent de choses importantes. Elle avait posé à terre une grande boîte ronde en bois, à couvercle de toile cirée; son amant tenait une serviette bourrée de livres; ils glorifiaient tous les deux la médiocre poésie d'un Mürger; on eût dit une romance de 1830 : l'*Etudiant et la Grisette* ou *Dans un square qu'on est bien à vingt ans!* Tu les aurais bénis, ô François Coppée! Quand elle se découvrira menacée de maternité, c'est sans doute dans le même square et sur le même banc qu'ils auront leur scène de reproches; pour le moment, elle devait lui réciter la gazette de l'atelier, les menus faits de la journée : comme quoi Mathilde s'était brouillée avec la Grande Jeanne, comme quoi Julie avait lié connaissance avec un clerc de notaire, etc., etc. Puis ils parurent discuter l'emploi du dimanche suivant; le jeune homme tira de sa poche un indicateur, ils se mirent à combiner des itinéraires vers des Fontenay-aux-Roses. — tout porte à le croire; arrivés là, ils se rendraient en bicyclette jusqu'au Robinson obligatoire et reviendraient le soir à Paris, courbés de fatigue, ahanant et balançant au guidon, en pendant avec le lampion réglementaire, un gros bouquet de lilas.

N'importe, ce bonheur-là, pour piètre qu'il soit, je l'aurais envié; c'est l'Aventure, toujours, mais l'Aventure sans arrière-pensée, sans souci des préjugés, je songeais à cela, tandis que l'Autre me suppliait à voix basse de ne pas l'abandonner :

— Je ne vous suis pas sympathique, je le sens bien, et je m'en désole. (Vrai, il a l'accent un peu trop exotique; il aurait du succès dans les *Portugais*, de Labiche.) Mais si je vous amuse, je ne réclame rien, sinon votre présence de temps en temps. Il y a bien des femmes qui auraient été heureuses de m'avoir près d'elles et que j'ai délaissées... Il ne fallait pas m'écrire, puisque vous deviez me désoler. Je vous dis des phrases stupides; aussi, vous n'êtes pas loyale: vous n'avez pas le droit de rompre ainsi, comme on perd un chien au coin d'une rue. Je suis habitué à penser à vous; depuis des semaines, je suis tout à vous; c'est la première fois qu'une femme prend cette place dans mon existence. Je répète votre nom quand je suis seul et je dis à votre souvenir tout ce que je n'ose pas vous dire à vous... Moi aussi, je devrais partir... Mon commerce m'appelle à Munich. Tant pis! je néglige tout... Je vous aime.

Il continua sur ce thème; certes, il est dans ces paroles d'amour une musique spéciale qui nous abuse et nous empêche d'écouter attentivement des mots dénués de signification et qui sont usés, à force d'avoir servi; je me rappelle les dissertations ingénieuses que Glaris me dédiait lorsqu'il me faisait la cour; il avait des trouvailles qui m'amusaient et je serais restée des soirées entières à l'écouter; mais comme c'était mal déclamé, mal improvisé! L'autre, en ce square, m'a fait une déclaration d'une banalité navrante, soit; mais ce qui lui était bien personnel, et ce dont je jouissais avec joie, c'était le forcené désir qu'il avait de moi et dont le halètement grondait sous la terne littérature des déclamations clichées. Je n'avais garde de le voir; au contraire, je tenais mes yeux obstinément fixés sur une des torches de pierre sculptées aux angles du monument; je devinais que mon voisin avait les nerfs tendus et que ses trop grands yeux m'imploraient.

La nuit était tout à fait tombée; en face de nous, les deux amants rassurés avaient pris le parti de s'étreindre, sans plus de commentaires et j'apercevais par-dessus l'épaule du jeune homme la tête de la petite modiste pâmée, yeux clos et résorbant intérieurement le plaisir d'être serrée à tous muscles par son partenaire. — D'où vient qu'Elles ferment les yeux? Est-ce pour substituer à la trop précise réalité l'image intime d'un idéal amant auquel elles demeurent fidèles à travers les liaisons et les coups de chair? Comme je la jalousais, cette petite! Et quelle âpre démangeaison de lâcher mon ombrelle, ma dignité, mes gants, mon attitude et même mes préjugés pour me jeter d'un élan dans les bras de mon amoureux de rencontre!...

Ma chère, il s'en est fallu de l'épaisseur d'un cheveu d'enfant blond!

Grisée comme une caille de vigne, j'allais me laisser aller sur la solide poitrine de mon Brésilien, quand soudain, une horloge tinta, éveillant, ainsi qu'un couteau de cartel, cette idée : « Sapristi! la demie! Et moi qui dîne chez les Cosquin! et je dois mettre ma robe mauve qui s'agrafe à soixante-quinze crochets! »

Aussitôt, de ressaisir mon ombrelle, ma dignité, mon attitude et mes préjugés qui glissaient déjà ; je boutonnai mes gants et baissai ma voilette. Ramon soupçonna que c'était manqué pour ce jour-là, qu'il était prudent de réserver l'avenir et — comme on dit — de sauver les meubles ! Il conclut :

— Vous n'avez pas le droit de rompre notre contrat !

— Quel contrat ? Je ne suis point liée à vous !

— Pardonnez-moi ! Il y a entre nous un contrat tacite et dont je vous citerai les clauses :

« Article Ier. — Monsieur Ramon Garcia de La Vega ne connaîtra ni le nom, ni l'adresse de Mme Yvonne de X...

« Article II. — En conséquence, Mme Yvonne de X... permettra à mon dit Ramon de la rencontrer une fois par hasard au gré de ladite... »

« Je n'ai pas rompu le contrat.

— Si ! Vous oubliez l'article III : « Le sieur Ramon n'essaiera pas de commettre des actions répréhensibles et voies de fait sur la personne de Mme de X... »

— Eh bien ! je les retire, je fais amende honorable, je jure sur... tenez, sur Louis XVI, que je ne réitérerai plus. Etes-vous satisfaite ?

— A moitié, parce que Louis XVI n'a rien à perdre. Enfin, vous êtes pardonné.

— Quand vous verrai-je ? Demain ?

— Non, pas demain. Je me repose.

— Après-demain ?

— Après-demain ? Oh ! j'ai promis ma journée de dix heures à sept heures.

— A qui ?

— A une dame ; il faut que j'aille là... puis là ; non, pas après-demain.

— Et les jours suivants ?

— Je cherche... Voyons : mardi... mercredi... jeudi... oui, jeudi si vous voulez ; mais je n'aurai qu'une minute.

— Où ?

— Là gît la difficulté. Je serai sur la Rive Gauche ; je vous avoue que les squares ne me plaisent guère et je connais nombre d'indigènes de l'autre côté de l'eau. Vous qui êtes orné d'une riche imagination, inventez un endroit où nous puissions, à la fin de la journée, nous rencontrer sans danger.

— Il y a derrière Saint-Germain-des-Prés une petite place toujours déserte ; on dirait la place du marché dans une ville de province. On n'y a pas signalé une voiture depuis 1848 ; si vous y consentez, nous irons là. Vous me retrouverez devant le porche de Saint-Germain-des-Prés et je vous guiderai. Viendrez-vous ?

— Je viendrai, si vous me promettez d'être obéissant comme l'autre jour. Est-ce promis ?

— C'est promis.

Je suis partie, j'ai pris un fiacre rapide (depuis ma première enfance, je n'ai oncques pris autant de fiacres ; je les ai en horreur). Bien entendu, mon amoureux m'a filée dans un second sapin. Douce confiance ! Je m'y attendais. Je me suis fait conduire à la petite entrée de la gare de l'Ouest, rue d'Amsterdam, et je me suis évanouie de là par la cour de Rome, dépistant mon galant stupéfait. Je devrais tenir ma parole, ne plus le voir. mais...

Autre voiture ; rentrée en toute hâte ! Un Roger impatient qui se déchaînait dans l'antichambre :

— Vous n'êtes pas prête ? D'où sortez-vous ? Nous serons chez ces gens à huit heures et demie !

— Je sors du Bon Marché... Il y avait des soldes exceptionnels.

— Décidément ces grands magasins sont une riche invention ! dit Roger en se plongeant dans la lecture d'un quotidien.

Cet homme a sans effort les mots qui, à son insu, conviennent à la situation. Je me suis habillée à la six-quatre-deux. A huit heures tapant, nous stoppions devant Cosquin-Castle ; tu sais, le dîner Cosquin *ne varietur* ; ils ont toujours un explorateur : comment font-ils pour en avoir à volonté ? C'est curieux ; enfin l'explorateur parle et on peut penser à autre chose. La mère Cosquin me regardait obstinément, je rougissais ; il me semblait qu'elle avait une figure de blâme ; et je me répétais : « Elle doit voir qu'on m'a embrassée tantôt ! » Ma conscience digère mal.

On a parlé de toi ; on a aussi parlé de Gérard ; les sympathies s'accentuent en votre faveur, depuis que M. Censy a cessé de vous attaquer ; à mon avis, tu pourras rentrer dès que l'accord sera terminé; la Cosquin elle-même t'est favorable. Roger ne t'a pas accablée, il faut profiter de cette détente. Aussi, renonce à ton projet de quitter les sœurs de Magdala, l'effet serait déplorable; l'histoire du flagrant délit est quasi étouffée, ne gâte pas ton succès; oh! oui, Gérard s'ennuie! Qu'il patiente! Ne compromettez rien.

collection de miens portraits. Mère avait la manie de me faire photographier; tous les trois mois, je me rendais avec elle chez Harold, le maître de la carte-album, en sorte que j'ai une série d'Yvonnes depuis les temps les plus reculés jusqu'à nos jours.

Je les ai rangées devant moi, en tribunal; il y en a de menues que l'on a fait

Je me suis couchée a minuit, harassée de fatigue.

Je me suis couchée à minuit, harassée de fatigue; il m'a été impossible de dormir; alors je me suis relevée et j'ai fouillé dans mon tiroir-aux-souvenirs, où je range tout ce qui se rattache à mon passé; ai-je eu un passé? Hélas! Ces reliques sont insignifiantes : cheveux de camarades de pension, images de communiantes, fleurs de flirt, accessoires de cotillon, lettres d'amies, trois lettres de Roger, gardées pourquoi? parce que je n'ai pas eu l'idée de les jeter au feu; elles datent de nos fiançailles et sont passionnées à la manière du Parfait Secrétaire. Dire que ça me ravissait!

En fouillant, j'amène à la lumière une

poser sur des tabourets de piano; elles sont nues, bouffies, étonnées, potelées, souriantes, avec des bras boudinés, et des cheveux qui frisottent. Elles sont vêtues d'un unique collier en filigrane d'or, à la mode des Dahoméens; et pas la moindre pudeur!

Un peu plus tard, elles ont une chemisette, les cheveux plus longs, et déjà la figure méditative que l'on prend devant le photographe; et des yeux écarquillés qui appellent ce compliment : « Elle aura de beaux yeux! » Et toujours très peu de nez.

A trois ans, me voici en petite robe de broderie, avec une grande ceinture bleue, et dans les cheveux le ruban assorti; je suis posée ainsi qu'un bébé jumeau, droite le long d'un pouf ; et je continue à méditer sur les étonnements que me réserve la vie ! ou bien j'ai une physionomie abrutie par les histoires que l'on me débitait pour obtenir mon immobilité.

D'autres Yvonnes sont déguisées en Bouquetières, en Marquis ou en Manon, en Folie, en Mariée, en Juge ! Elles ont l'air très malheureuses d'être ainsi attifées et disent la fatigue d'avoir été promenées, examinées, embrassées. D'autres se perdent dans des groupes d'enfants, aux bains de mer, au Mont-Dore, avec des pensionnaires d'hôtel que je tutoyais et dont les têtes, à cette heure, ne me rappellent plus rien.

Puis je me retrouve à dix ans, vêtue de ces costumes démodés. longues vestes à pattes en surah écossais et mes cheveux dans le dos. Je suis sur fond de paysage : tantôt derrière mon dos un château fort s'érige au sommet d'un roc ; tantôt, rêveusement accoudée sur une balustrade, je laisse errer mes regards sur une riante vallée. Le balcon revient souvent comme motif de décoration ; sans doute j'attends le Roméo promis par les légendes ; et l'ironie du photographe a charbonné un orme au-dessus de ma tête. O le temps où je commençais à lire des romans en cachette, où j'avais un peigne rond dans les cheveux et l'aspect si province !

A douze ans, je suis habillée en garçon ; on m'avait coupé les cheveux durant ma typhoïde ; et ainsi vêtue, en marin, culottes courtes, chaussettes, veste bouffante ouvrant sur le jersey rayé, je semble un gamin vicieux et malfaisant ; encore maigrelette, indécise, j'avais des rages de bruit, de mouvement, de courses ; je battais les grands garçons et je terrorisais les petits : au Casino, je valsais avec les filles et j'affectais des allures de Chevalier d'Eon. Je crois que ce furent les meilleurs mois de ma vie.

Viennent ensuite mes premières robes à taille, corsages à trois plis en cachemire blanc ; et ma première robe de bal décolletée, dès que j'ai eu des épaules sortables : faille rose, ma chère ! Les coiffures comme on les aimait à cette époque, très hautes et dégageant la nuque ; et les amazones, les joueuses de tennis, les cyclistes !

J'ai même, datée d'Houlgate, une Yvonne qui entre dans le bain !

Mais, à partir de cette année-là, je n'ai plus que des bustes, en dégradé, sur fond noir ou blanc ; les manches s'enflent, s'enflent peu à peu, puis se dégonflent. Je suis posée de trois quarts et je suis maussade comme une personne qui a trop attendu : le Roméo n'est pas venu.

A ces personnes assemblées, j'ai tenu le discours suivant :

« Jeunes Yvonnes,

« J'ai choisi cette nuit d'insomnie pour vous réunir et vous communiquer une grande nouvelle. Celui que vous guettiez au balcon est arrivé, tel le Salvator. Il n'est pas absolument identique à l'image que vous vous en étiez formée ; il n'a pas le teint rose, les cheveux blonds, un collant bleu-de-ciel et une mandoline ; ce Roméo tire plutôt sur l'Othello, vu qu'il est Brésilien ; mes pauvres amies, il faut se contenter de ce qu'on a. Moi, votre déléguée, je me contente de ce Ramon. Ne me regardez pas toutes avec des yeux de reproche, et tâchez de comprendre.

« Il existe en moi un grand besoin de tendresse ; mon mari n'a point voulu le satisfaire, il est retenu rue Jasmin ; en conséquence, je ne suis pas coupable, accordant au noble étranger les biens que le comte de Luz de Chantorey a dédaignés. Longtemps j'ai lutté contre l'Aventure ; or il s'est passé tantôt dans la dernière prison du Roi-Martyr un événement de la plus haute importance : on m'a embrassée sur les lèvres et cela m'a produit une impression plutôt agréable.

« J'en ai immédiatement déduit que je serais digne de votre blâme si je résistais à ma destinée d'amour et je suis résolue dorénavant à me laisser aimer. Je vous soumets ces conclusions, vous priant de me donner franchement votre avis.

« O vous, petites et grandes Yvonnes qui dardez des regards anxieux sur l'avenir, Yvonnes sans cesse déçues et sans cesse espérantes, me blâmerez-vous parce que j'aurai tendu la main vers le bonheur qui passait à portée de moi ? »

Tous les moments échus de ma chère personnalité se concertèrent ; je ne doutai pas qu'ils ne m'eussent voté une approbation ; ce point acquis, je rassemblai en paquet le syndicat des Yvonnes et je le réintégrai dans le coffret aux souvenirs.

Mon amie de cœur, ma résolution est prise. J'accepte l'amour de Ramon. Je vais me mettre encore quelques jours en observation et, quand je serai bien sûre de moi, je me laisserai rouler sur la belle pente. Me mènera-t-elle au fossé où culbutèrent pas mal de nos camarades ? Je réserve la question. Si je suis « pincée jusqu'aux sens », l'emballement m'évitera la peine de me résister ; ma bonne éducation cédera cette fois. Mais s'il ne s'agit que de désœuvrement, de divertissement passager, je compte que mes préjugés reprendront le dessus.

Tu trouveras que je t'écris des lettres copieuses ; ne t'inquiète point, ne les lis même pas, car c'est à moi que je les adresse. Je me rédige un rapport détaillé, touchant ma situation, afin de me la préciser ; si je n'y gagne pas d'apprendre où je vais, du moins je mesure le chemin déjà parcouru. Il m'est impossible d'entamer un journal, à cause de Roger qui, de gré ou de force, s'en emparerait et le lirait.

Cependant je serais désolée de perdre les moindres détails de ce qui m'arrive. Aussi je te prie de me garder fidèlement ces feuillets ; je te les réclamerai un jour, dans... Mettons dans vingt ans. Je me suppose, âgée, relisant le procès-verbal d'une histoire que j'aurai oubliée ; peut-être ne serai-je plus là. En tout cas, il est bon de préparer un document à ses petits-enfants.

Ma chère petite Germaine, envoie-moi des conseils, je ne les suivrai probablement pas ; le cas échéant, ils pourront m'être utiles, si je reconnais que j'ai gaffé.

## VII

### La scène de l'église

> Et si par ce sentiment tu es heureuse, nomme-le comme tu voudras : bonheur, cœur, amour, Dieu !
>
> GŒTHE, *Faust.*

Evidemment, je suis prise. Ton mandement m'a fait grand bien ; je me préparais à essuyer des reproches et tu m'approuves presque. J'en ai même quelque honte.

Tu me dis que tu es d'accord avec moi

« sur le principe », mais que l'application t'en paraît défectueuse. J'estime que tu as tort. En effet, si j'aime Ramon, c'est que je devais l'aimer. « Il ne faut pas s'accorder au premier venu, tu le regretterais plus tard ; ce mulâtre n'est pas digne de toi. » Ne t'imagine pas que je sois à ce point aveugle sur le compte de mon chevalier ; je le juge comme au premier jour, lorsqu'il m'adressa la parole au Louvre : c'est un rastaquouère. Cependant je ne puis pas ne pas l'aimer. J'ai toujours gardé la plus grande lucidité d'esprit (ça n'aboutit qu'à me gâcher mon plaisir). Parbleu ! je me doute bien de ce qui m'attend ; cet homme-là possède des doigts à retourner le roi plus souvent qu'à son tour ; il n'est pas tourmenté par les préjugés, et je découvrirai sans doute dans son passé une foule d'accrocs mal reprisés. Je t'avoue qu'il me plaît un peu par ce côté mystérieux. Il me plaît parce qu'il n'a point une morale comme la nôtre, parce qu'il se décide selon des motifs simples, parce qu'il a un je ne sais quoi de cruel et d'exotique, inédit pour moi.

Ces hommes-là n'inquiètent point les maris ; lorsqu'ils ont de ces bonnes fortunes scandaleuses, on s'étonne et on s'enquiert vainement de ce qui les rend aimables. Ce n'est point leur présumée vigueur, car il faut justifier par d'autres raisons l'attrait du Tzigane pour des femmes qui ne sont point uniquement des Phèdres-à-Valaques. Il y a dans l'amour qu'elles lui vouent à la fois un souci de maternité falote, le bonheur de s'encanailler, de la curiosité, mêlés au plaisir d'être dominées. Quoi qu'il advienne, je ne me plaindrai pas. Glaris, de Pardieu et les autres ne m'ont pas eue ; c'est que je n'étais destinée ni aux uns ni aux autres. Ramon se présente et je cède... au moins je suis disposée à céder. Qui prétendra désormais que les grands magasins sont mal approvisionnés ? on y trouve jusqu'à des amants !

J'ai eu sept jours de méditations ; c'est-à-dire que je me suis efforcée de méditer sur mon cas ; tu sais comment on s'y prend ? On s'accoude à sa table, on pince son front entre le pouce et l'index et on se dit : « Attention ! Examinons la situation froide-ment, ainsi que le ferait un indifférent. » Et aussitôt on se rappelle la dernière entrevue dans ses moindres détails, mais pas froidement, hélas ! A ce compte, il vaudrait bien mieux ne pas méditer, c'est trop dangereux. Que de fois, cette semaine, sous prétexte d'analyse mentale, je me suis complue à retrouver les sensations du Square Expiatoire et cette espèce d'anxieuse langueur où j'étais plongée tandis que Ramon me suppliait ! On n'arrive pas à être sincère avec soi-même lorsque l'on veut se juger ; il faut prendre son parti de sa propre duperie ; je m'y suis résignée, en sorte qu'aujourd'hui je songe à Ramon en toute franchise avec moi-même et je ne m'abuse plus sur les prétextes que je me donne de ces pernicieuses rêveries.

(Tout ça, en somme, c'est de la psychologie à deux sous le tas !)

Chose curieuse ! Roger m'intéresse ! Depuis quelque temps, j'aime le soir le rejoindre au petit salon et là, des heures entières, je l'écoute, et je le regarde. J'aurais cru qu'il me fût devenu odieux ; mais non. Je l'étudie et je guette impatiemment une modification de sa physionomie. Il n'est pas plus ridicule qu'à l'ordinaire, cela m'étonne ; quand il rentre à minuit après une longue séance de Société savante, il éprouve un réel plaisir à se retrouver dans son *home*, à me voir assise et lisant sous la lampe ; il s'assied en face de moi, nous causons ; il pense :

« C'est tout de même délicieux de posséder un chez-soi confortable agrémenté d'une petite épouse jolie, pas trop sotte, qui anime la maison ; je suis un être inqualifiable ; je ne devrais pas tromper la mère de mes éventuels enfants avec une grue stupide et odieuse. »

Et il s'attendrit, il a un bon sourire mouillé ; cet homme-là est un homme d'intérieur.

Jadis ces remords d'après-aimer, où il se mêle quelque sadisme, me crispaient. Maintenant je les apprécie ; moi aussi, j'ai mon attendrissement et je pense :

« Voilà un brave mari qui pleure sur mon sort, qui me plaint, qui bat sa coulpe ; et moi, épouse inqualifiable, je me prépare à le rendre digne de pitié! Si jamais il apprend la vérité, elle lui gâtera toute son actuelle contrition. »

Le seul ennui est qu'en sortant de chez sa maîtresse Roger ne peut s'empêcher de vérifier ma tendresse conjugale et obligatoire :

— Tu m'aimes, hein?

— Oui, oui.

— N'est-ce pas que tu m'aimes un peu *tout de même?*

— Ah oui! Que oui!

Il entame alors le programme des mensonges, me décrit la soirée où il aurait dû être; je l'écoute,

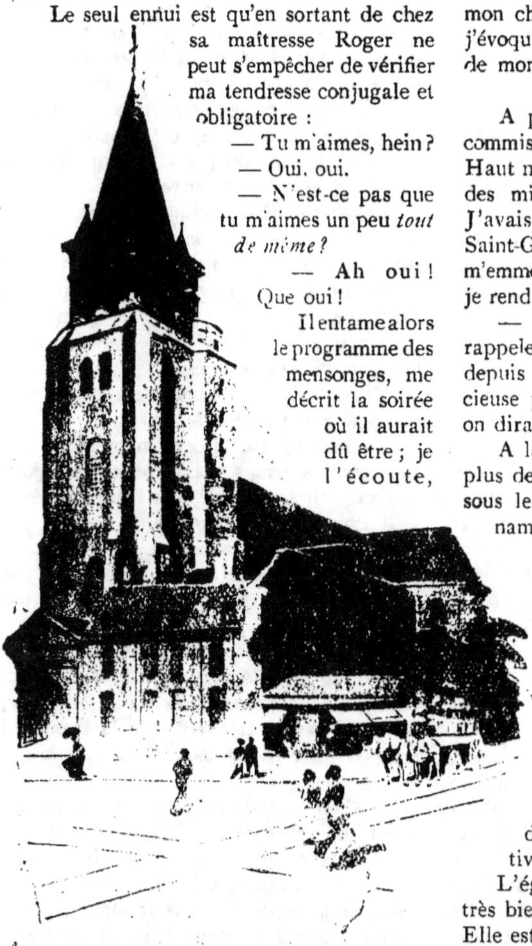

L'ÉGLISE SAINT-GERMAIN-DES-PRÉS A ÉTÉ TRÈS BIEN ORGANISÉE EN VUE DES RENDEZ-VOUS.

mais je m'évade; en pensée, je cours à l'Autre, je suis auprès de lui, il m'embrasse et je défaille, je ferme les yeux, à l'exemple de la petite modiste entrevue au square.

Cependant mon mari dévide son historiette, tout heureux de mon attention :

— Comme tu es gentille, ce soir...

— Oui, oui.

Et il monte se coucher, rassuré. Propriétaire, va! Il n'a pas aperçu l'amoureux caché dans mes prunelles, derrière mes cils, mon cher amoureux en cuir de Russie que j'évoquais au nez et à la belle barbe blonde de mon seigneur.

A propos, depuis que je t'ai écrit, j'ai commis un sacrilège. En somme, le Trop-Haut ne fera qu'en sourire : il doit y avoir des minutes où il est le Dieu désarmé. J'avais rendez-vous avec Ramon place Saint-Germain-des-Prés et, de là, il devait m'emmener dans le quartier. Mais, la veille, je rendis visite à Mme Senambre qui me dit :

— Ma belle-sœur m'a chargée de vous rappeler qu'elle reçoit demain. Elle habite, depuis le 1er, rue Furstemberg, une délicieuse petite rue qui donne sur une place; on dirait un coin de province.

A la description qu'elle me fait, je n'ai plus de doute; un peu plus et je m'ébattais sous les fenêtres de Mme Chaucer née Senambre.

Le lendemain, je retrouve mon prince charmant devant le portail de l'église; je feins de ne pas le voir (des figurants, à proximité, guettaient des tramways); ce quartier est colonisé par des femmes d'universitaires, et j'en ai cinq ou six parmi mes relations qui campent aux alentours; ces femmes-là sont toujours en attente de tramways. J'avais une peur verte d'être signalée. De ma propre initiative, je me réfugie dans l'église.

L'église Saint-Germain-des-Prés a été très bien organisée en vue des rendez-vous. Elle est sombre, fraîche, mystérieuse; après le vestibule, on entre dans les ténèbres, ou plutôt on est saisi par la nuit; les yeux encore éblouis du grand jour cherchent à discerner les formes qui glissent sans bruit dans l'obscurité. Çà et là, les ors d'un autel scintillent, éveillés par la courte flamme des cierges votifs. On entrevoit des dos courbés, des têtes coiffées du béguin noir.

Au fond, d'autres lueurs paraissent lointaines comme des feux de chaumière, reculent l'isolement du chœur; point de ces

ornements absurdes dont les sanctuaires sont
d'ordinaire surchargés ; des piliers solides,
immuables ainsi que des dogmes, entre les-
quels descend, de distance en distance, une
petite lampe de voûte ; le calme est si profond que les frêles flammes ne tremblent
point et ce sont comme de petites âmes bril-
lantes en suspens dans la nuit.

À cette heure, il y avait dans les bancs
quelques fidèles qui priaient ; les bas-côtés
surtout étaient garnis de pieuses personnes
penchées sur la planchette du prie-Dieu.
J'entrai résolument dans un rang de chaises
et je fis signe à Ramon de m'y rejoindre.
J'étais assez perplexe, je craignais de scan-
daliser l'entourage en causant à voix
basse avec un jeune homme ; car je m'étais
jetée dans l'église à l'étourdie, afin d'y
convenir d'un autre rendez-vous.

Mes voisins priaient à demi-voix, deux
par deux, et j'admirais que la piété fût
restée si vivace au cœur de ces Français
tant calomniés, quand je m'aperçus que ces
pieux fidèles étaient... des flirts, oui, ma
chère enfant, des flirts. A genoux sur la
chaise à haut dossier, ils se parlaient lèvre
contre oreille ; même dans les églises, les
amoureux pullulent.

« Il y en a partout, à Paris. Cherchez
un coin écarté où vous espériez être seule.
Vous êtes assurée d'y déranger deux personnes d'un sexe différent en train de se
confier la mutuelle estime qu'elles ont l'un
de l'autre. Musées, promenades, jardins
publics, galeries, avenues ombragées
ne sont que des décors d'intrigues ; il
y a des amoureux sur l'Arc de Triom-
phe, dans la lanterne de l'échafau-
dage Eiffel, dans le dôme du Pan-
théon, dans les Tours Notre-
Dame ; j'en ai débusqué dans
les souterrains qui s'enfon-
cent sous la gare Saint-Lazare ; j'ai surpris des couples
enlacés, dans d'étroits pas
sages aux environs de la rue
Lafayette ; dès que deux amants ont adopté
une de ces retraites, ils s'y retrouvent régulièrement ; il existe ainsi un nombre con-
sidérable de cachettes ignorées des indifférents. »

Je tiens ces détails de Ramon. Il s'est
agenouillé sur la chaise voisine et nous
avons joué notre partie dans le psaume
d'amour profane murmuré dans le temple
du Seigneur. Mon galant me chuchotait
des niaiseries passionnées :

— J'ai pensé à vous, tous les instants
de cette semaine !

— C'était votre devoir strict.

— Et vous ? avez-vous pensé à moi ?

Dieu ! que de questions inutiles ! Mais
si on ne les répétait pas, de quoi rempli-
rait-on les entretiens d'amour ? Je les subis
sans colère, je suis habituée et j'en cherche
d'aussi vaines, avec le seul souci de ne pas
laisser tomber la conversation ; je sais par
expérience que les entrevues où l'on ne dit
rien sont les plus dangereuses.

Au milieu de notre entretien, une vieille
est venue nous troubler ; elle s'est age-
nouillée à ma droite et elle s'est mise à
parler tout haut au
Seigneur ; crai-
gnant que le
bruit de nos voix
ne couvrît sa
prière et
l'empê-

— Croyez-vous que vous arriverez a m'aimer ?

chât d'arriver à l'oreille du Tout-Puissant,
elle nous crie un « chut ! » irrité. Nous nous
taisons : le cérémonial du rendez-vous ne
varie pas ; après ces préliminaires, Ramon
saisit ma main, c'est de règle ; le jeu de

mains est la seule caresse permise en public, elle n'offusque pas la pudeur : les tripatouillages manuels ne se classent pas parmi les attouchements inconvenants ; les tarifs d'indignation ne le mentionnent point. Pourtant il existe mille façons d'énerver une main, d'y exécuter mille manèges voluptueux et subtils dont les conséquences s'étendent plus loin que le poignet. Si Ramon adore ce passe-temps, je ne le déteste point non plus ; ainsi débute le contact des épidermes et l'échange des fantaisies (Chamfort).

La vieille, ayant terminé son rapport intime au Seigneur, s'en fut maugréant des appréciations trop sincères à notre endroit. Nous reprîmes l'entretien où nous l'avions interrompu ; j'appris diverses choses que je n'ignorais pas, à savoir que mon partenaire me dédiait un sentiment de plus en plus vif, qu'il ne pouvait se contenter de ces rencontres furtives :

— Au moins, je ne vous suis plus indifférent ?

— J'ai beaucoup médité là-dessus ; vous ne m'êtes plus indifférent.

— Croyez-vous que vous arriverez à m'aimer ?

— Peut-être, je tâcherai.

— Il me faut une journée de vous, une grande journée.

— Ce n'est pas possible, je suis mariée.

— Allons donc ! Est-ce un empêchement ?

— Mon mari a coutume de m'avoir près de lui ; c'est même à cette seule fin qu'il m'épousa.

— Auriez-vous, parmi vos amies, une amie dévouée ?

— Oui, j'ai une amie très dévouée.

— Annoncez que vous passez une journée près d'elle, et venez avec moi.

Je me suis débattue ; j'ai cédé. Nous passerons cette journée de campagne. J'en ai trop envie. — Je me suis levée.

Dans le vestibule, aux yeux des mendiants habitués, nous nous sommes embrassés ; et je suis rentrée à pied, combinant mon plan d'escapade. Je compte que tu ne refuseras pas de m'aider, je dispose de toi ; notre vieille amitié m'y autorise, tu n'oseras pas te dérober ; il ne s'agit que d'une légère complaisance. Ecris-moi, rue Brémontier, une petite lettre m'invitant à passer la journée chez les sœurs de Magdala (Ecouen).

Envoie-la mardi soir pour mercredi, de façon qu'on l'apporte pendant le déjeuner ; entre l'œuf et la côtelette, Roger est à peu près traitable ; donc je te répondrai un mot d'acceptation, et cette après-midi-là, si tu ne me vois pas, tu penseras que ton amie a sauté le ruisseau.

Tu n'as aucune excuse, et tu ne peux rien me refuser, car je t'ai rendu un fier service : tiens-toi à la table : une... deux...

*Ton mari retire sa demande en divorce!*
J'ai enlevé l'affaire en une demi-heure. M. Censy dînait à la maison avant-hier avec les frères Schmack et de Pardieu ; après le café, je me suis arrangée pour attirer ton ex sur le-canapé-aux-confidences ; il a donné dans le piège.

Vraiment, plaisanterie à part, il n'est pas mal en ce moment, M. Censy : on raconte qu'il aime chez une sorte de femme de lettres, laquelle tient un salon et reçoit des ratés mêlés à quelques publicistes sans gloire. Ce monde a la meilleure influence sur ton ancien époux ; il n'est plus timide, ne s'endort plus au dessert ; il cause et montre quelques idées qu'il a ramassées. J'avais toujours prédit que M. Censy finirait par le bas-bleuisme. Enfin il apprend à s'habiller : il soigne sa coiffure, il maigrit et il a l'air un tantinet vanné qui lui sied. Il fera un divorcé très présentable. Il y a ainsi, de par la ville, une foule de maris déplorables qui ont besoin de cette épreuve pour se révéler. D'ici un an, M. Censy épousera une jeune veuve qui aura souffert et il la rendra heureuse.

Donc, M. Censy a saisi la perche que je lui tendais ; il a parlé de toi ; il n'a plus de colère, ce sage.

— Je me suis montré de la dernière stupidité, dit-il ; ma chère épouse doit avoir une triste opinion de moi. J'étais d'un démodé, d'un coco ! Comment ai-je pu attacher tant d'importance à la propriété exclusive de sa jolie personne ?

— Qu'ouïs-je ! C'est vous qui parlez ? Vous autrefois si furieux !

— Lui, il paraît que la jalousie ne se porte plus. Un mari trompé ne s'indigne même pas ; il hausse les épaules et recommence sa vie, comme si de rien n'était.

— Vous pardonnez à Germaine ?

— On pardonnait encore en 1885 ; aujourd'hui, le pardon même est tombé en désuétude. On sourit, on se détourne ou on se sépare. Je n'ai pas encore le sourire.

— Vous tenez beaucoup au divorce ?

— J'y tiens, parce que j'ai peur que nous ne nous entendions jamais, Germaine et moi, et surtout parce qu'il y a eu scandale. J'aurais pu être un mari complaisant ; je ne veux pas être un mari plaisant.

— Vrai ! vous n'avez plus de haine contre votre femme ?

— Plus du tout ; j'ai dépassé ces mesquineries.

— Si elle vous demandait une chose assez facile, la lui accorderiez-vous ?

— Mais oui... à condition que nos intérêts n'en souffrissent pas. Elle vous a chargée d'une mission ?

— ... En effet ; elle regrette infiniment ce qui s'est passé.

— Elle a tort ; moi, j'en suis ravi.

— Elle vous prie de retirer votre demande en divorce...

— Jamais de la vie !

— Attendez. Vous la retirez et trois mois après vous en introduisez une autre, pour incompatibilité d'humeur.

— Oh ! que d'affaires !

Je lui ai fait ressortir les inconvénients de sa position ; pour tous les deux, il valait mieux écarter le motif gênant. Puis, je l'ai entamé par le snobisme ; en se montrant généreux, il aurait le beau rôle, et puisqu'il mettait un point d'honneur à être tout à fait « Dernier Sganarelle », il devait vous faciliter le mariage.

Il a terminé la discussion :

— Je me concerterai avec mon avoué, M⁽ᵉ⁾ Harduin-Béhague ; si c'est faisable, j'y consens d'avance ; je vous autorise à l'écrire à votre amie.

Veux-tu mon avis ? Ton mari te garde un petit quelque chose d'affection ; il parle trop de toi. Pas une allusion à Gérard.

J'espère que tu vas me bénir ; tu te marieras, grâce à moi, dans le plus bref délai.

— Ah ! n'oublie pas ma lettre, c'est très important ; rappelle-toi : l'envoyer le soir pour qu'elle m'arrive par le courrier de midi.


## VIII

### UNE BELLE JOURNÉE

> Promenons-nous dans les bois
> Pendant que le loup y est pas.
> Loup, y es-tu ?

Ta lettre est tombée juste à point ! Pendant le déjeuner, je trépignais d'impatience ; d'autant plus que Roger avait réunion de bureau, qu'il était pressé et qu'il abrégeait le repas ; je le retardais de mon mieux ; si la lettre arrivait après son départ, l'effet était raté. Bref ! comme il se levait, on apporte le courrier.

— Qu'est-ce qu'il y a ?

— Rien pour vous... Ah ! tiens ! la bonne surprise ! Un petit mot de Germaine.

— Que vous écrit-elle, cette étourdie ?

— Voyez vous-même.

Roger fait la tête.

— Elle vous invite dans son couvent ? Une partie de plaisir.

— Germaine est mon amie, j'aurais dû ne pas la négliger ; cependant, comme vous la détestiez...

— Oh ! je ne la déteste pas !

— Comme vous vous rangiez du côté de Censy, j'ai cessé de lui écrire.

— Je ne vous approuve pas ; après tout, cette pauvre femme peut invoquer des circonstances atténuantes. Censy ne le nie point. Restez en relations avec elle ; on cite de pires divorcées.

— Alors ? Croyez-vous que je puisse accepter son invitation ?

— Certainement ; une journée de campagne est toujours bonne à prendre.

Et je devinais l'arrière-pensée : « Une journée à moi ! j'avertis la rue Jasmin par télégramme... Ohé ! ohé ! »

Mon mari parti, je saute sur un bleu

« *Demain, gare Saint-Lazare, dix heures,
Pas-Perdus, banlieue.* » Mais, le soir, saute
de vent! tout était changé. Roger rentre
bourru et pas bienfaisant. Qu'était-il ad-
venu? Je m'en doute; la rue Jasmin n'était
pas libre, Roger s'en prenait à moi. Ou
bien existe-t-il un secret instinct qui incline
les maris à contrecarrer inconsciemment les
trahisons de leurs femmes? Roger m'an-
nonça :

— Vous n'irez pas à Ecouen.

— Vous m'aviez permis...

— J'ai réfléchi; au bout du compte, la
conduite de votre amie Germaine est équi-
voque.

— Au couvent?

— Un couvent pour divorçantes, quelque chose de gentil, parlons-en! Les amants
de ces dames y entrent comme dans un
moulin.

— Germaine est trop fine, elle crain-
drait de se compromettre. D'ailleurs, je lui
ai, sur votre permission, fait espérer ma
visite.

— Bon. Vous vous dégagerez.

Et j'ai détourné l'orage; durant le dîner, je me suis appliquée à être charmante,
toute en sourires et prévenances; au rôti,
Roger se détendait un peu; au légume,
il était tendre; à l'entremets il se rappro-
chait de moi : d'amabilité en amabilité,
nous cheminâmes jusqu'au coin-aux-confi-
dences, et dame!... (offrez votre sacrifice au
Seigneur, mon enfant!) je n'ai pas résisté
à mon mari, quoique je n'aime guère ces
effusions sur le mobilier de luxe; et puis
je me désolais : « J'aurai une figure horrible demain. »

La séance terminée, Roger me dit :
« Après tout, allez à Ecouen si ça vous
chante! » Une journée de liberté n'est jamais trop chèrement achetée.

O ma chérie, comme il fait bon s'évader
de sa vie ordinaire! Ce matin, je m'habil-
lais, et il me semblait revêtir un autre personnage; ce n'était plus moi qui allais en
partie de plaisir, c'était une Yvonne inconnue de moi, insouciante, heureuse du
bonheur qu'elle escomptait. Mariage, position sociale, ménagements, ah oui! J'ignorais qu'il y eût d'autre joie plus désirable

que de retrouver son amoureux à l'angle
d'une rue où il se fige. Mon cœur sautait de
plaisir, et je chantonnais un vieux refrain
qui ne m'a pas servi depuis dix ans :

> En passant la rivière,
> J'ai perdu mes gants, maman,
> Mes bas et mes jarretières
> Et mes petits souliers blancs.

La physionomie des femmes qui médi-
tent de tromper leurs maris est particulière,
car Mariette en m'habillant m'observait;
cette fille se doute de... Je tremble déjà devant ma femme de chambre : que sera-ce
quand j'aurai commis...

. . . . . . . . . . . . . . . . . .

(*Ecrit en rentrant.*) Crime pas commis!
— s'en faut de peu... Je reprends. — Un
fiacre fut hélé (oh! que de fiacres!), je criai
très haut : « Gare du Nord! » à cause des
domestiques aux aguets derrière la porte.
— (Je joue une continuelle comédie pour
la valetaille!) Au boulevard, je lâchai le
cocher. J'avais une peur horrible d'être
arrêtée au passage par un fâcheux « Où
allez-vous, si vite, à pied? » L'assurance
me manque, mes progrès sont insignifiants;
oh! du toupet, à toute force! disait à peu
près Danton.

Je n'ai pas osé monter le grand escalier
de la gare, j'ai pris par les sous-sols; la
salle des Pas-Perdus m'a semblé immense et
remplie de gens malveillants postés là spécia-
lement pour m'espionner; c'est stupide, hein?

Je craignais ceux qui me dévisageaient
parce que, selon moi, ils cherchaient à me
reconnaître et je craignais ceux qui ne me
dévisageaient pas parce que je les trouvais
trop indifférents; ils devaient feindre de ne
pas me voir. Au demeurant, ce léger fris-
son de crainte n'est pas désagréable; c'est
l'autre jouissance de l'Aventure : l'angoisse.

Ramon béait en extase devant les tableaux représentant des plages normandes
ou bretonnes à cinq heures de Paris avec
Casinos, endroits célèbres, sites pittores-
ques, châteaux historiques; je l'avertis
d'un « hum! » et j'allai prendre mon billet;
je demandai à la femme en cage : « Une
première Saint-Cloud. »

A l'écart, je ramasse ma monnaie et

— J'AURAI UNE FIGURE HORRIBLE DEMAIN.

j'entends la voix grave de Ramon qui réclame une autre première Saint-Cloud. Justement le train s'ébroue, pschch ! Je cherche un compartiment vide, toujours sans me retourner, — qui m'aime me suive ! — je choisis un joli wagon isolé, j'y grimpe ; derrière moi, un pas solide, celui de Ramon. Je me retourne en souriant... Point de Ramon, mais un monsieur à favoris de procureur ; je veux redescendre, trop tard ; Ramon saute dans la boîte et le train se met en marche.

Nous avons voyagé avec ce tiers ; nous interprétons une fois de plus la saynète de l'étonnement.

— Comment ! vous !

— Oui, je me rends à Saint-Cloud.

— Tiens ! moi aussi ! etc., etc.

Nous fûmes pour ce vieux homme l'objet d'un intérêt croissant. Ramon me débitait des folies, me parlait de sa femme, de ses enfants, me demandait des nouvelles des miens.

— Comment est votre mari ?

— Pas bien ; une phtisie galopante.

— Ah ! tant mieux ! Il aura pris ça à son usine de la rue Jasmin ; vous le féliciterez de ma part !

Fallait-il que je fusse rajeunie pour m'amuser de ces enfantillages ? A chaque station, je poussais du regard le vieux procureur ; il ne bougeait pas (c'était, je pense, une des nombreuses formes que la Providence anima, pendant cette journée, en vue de surveiller ma conduite). Enfin, Saint-Cloud ; nous descendons, et soudain nous ne nous connaissons plus ; Ramon de son côté, moi du mien, nous doublons la barrière à billets, cependant que le train toussait sous le tunnel, emmenant un vieux monsieur fort intrigué.

Nous nous retrouvons dans un chemin qui dévale à pic vers la basse ville, bordé de villas qui se retiennent pour ne pas glisser sur leurs jardins ; c'est à donner le vertige ; comment des gens de sens commun habitent-ils là dedans ? Je craindrais de me réveiller tout en bas dans la Seine ; certes, on voit Paris comme fond d'horizon, et ce n'est pas une compensation. Echange de répliques :

— Je vous en conjure, ne me donnez pas le bras !

— Eh ! si je ne vous soutiens pas vous tomberez !

— Tant pis !... Je suis sûre d'être rencontrée.

— Vous avez des amis à Saint-Cloud ?

— Non... Il suffit que l'on se croie en sûreté pour qu'on cesse d'y être. Arrêtons-nous, la tête me tourne...

Le chemin fait un coude ; d'une petite terrasse, nous découvrons la vallée : le paysage est mouvementé comme un tableau-horloge, c'est médiocrement imposant ; des trains chenillent lentement entre des maisons pauvres, des cheminées d'usines fument avec paresse.

— Qu'est-ce que c'est que ça ?

— La Seine.

— Encore ?

Elle n'a aucun caractère, avec ses petits bateaux zigzaguant ; là, c'est Meudon ; là-bas, Suresnes ; là-bas, Sèvres, et là-bas au fond, des pays anonymes sur des collines pelées ; le bois de Boulogne s'enlise dans un vert sale très commun.

La tristesse de la banlieue m'envahit ; ô ces horizons à prix réduits ! Je devine les petites villas pour petites existences de petits bourgeois, avec un petit bassin et une grosse boule ; des charmilles, des treilles à glycine, et un arbre par maison ; cela crie l'horreur des dimanches bruyants, l'invasion hebdomadaire des vélocipédistes rauques et toujours en nage, et des clairons à la tête de sociétés de gymnastique. Je me détourne du paysage ; ma gaieté est tombée.

— Où allons-nous ? Je découvre Saint-Cloud... Guidez-moi.

— Nous déjeunons et ensuite nous traverserons le Parc ; il faut avoir vu le Parc de Saint-Cloud.

— Comme il vous plaira.

Je me souviens des « parties » entamées avec Roger, — temps anciens ! — parce qu'étant jeunes mariés, nous nous croyions obligés à des pèlerinages de ce genre ; nous partions de bon matin, nous cherchions à quelques kilomètres de Paris un pays désert, que nous explorions en quête d'un restaurant ; assis l'un en face de l'autre, nous avalions tristement un déjeuner de gargotte et nous ne parlions pas ; au rince-bouche, Roger m'embrassait par-dessus l'addition, puis, nous repartions délivrés du souci d'être de jeunes mariés en partie fine. Si pareille contrainte me menaçait ?

Nous traversâmes une place publique dont chaque maison était un restaurant (l'industrie principale de la contrée) ; rien que des tables de zinc et cette flore spéciale aux cafés qui s'épanouit dans des caisses vertes. Je me laissai guider ; à la grille du parc, Ramon tourna et m'arrêta au seuil d'un bâtiment bleu, mais bleu inhumain, bleu verni à faire aboyer. Nous avons déjeuné dans ce bleu. Un garçon nous accueillit à l'entrée et nous poussa, par des chemins secrets, jusqu'au bout d'une terrasse suspendue ; là, il nous livra aux soins d'un gros joufflu qui possédait la joyeuse figure de feu Dailly. Et, brusquement, je fus ragaillardie, un rais de soleil illumina les arbres de l'avenue, un orchestre de tziganes attaqua une valse ; je me sentis très heureuse, très brave ; j'étais sûre de ma journée, désormais.

Ramon s'assit non en face mais à côté de moi, à l'angle de la table ; il avait ses yeux doux d'ânesse arabe ; serait-il ainsi au dessert ?

A la table la plus rapprochée, des Anglais échangeaient leurs impressions sur le Parc et regrettaient qu'on ne les eût pas attendus, pour raser les ruines ; j'appris ainsi qu'il y avait un château de moins à visiter. Merci,

Dieu juste !

Feu Dailly reparut, traînant un petit maître d'hôtel poupin et content de vivre qu'il nous présenta : ce di-

gnitaire se pencha au-dessus de nous d'un air de tendre intérêt et nous demanda ce que nous désirions ; il nous tendit une carte enrichie de noms imposants, — le souvenir des grandes batailles et des citoyens célèbres se conserve par les noms des plats. — Je choisis au hasard un empereur romain, une victoire du premier Empire, un homme d'Etat anglais, un musicien italien.

— Et comme vin ?

— Du champagne dry, affirma audacieusement Ramon.

— Pour vous, pas pour moi.

— Vous n'aimez pas le champagne, un vin de dame ?

— Je ne bois jamais de vin : donnez-moi une eau qui mousse beaucoup !

Mon aimable hôte trahit sa contrariété ; évidemment, il avait formé le projet de me griser ; cela faisait partie d'un plan ténébreux : le soleil, la campagne, les tziganes, un joli repas et le Piper dry devaient amener ma chute. La simplicité du piège m'enchanta ; j'étais résolue à me donner, à me laisser prendre, plutôt, mais non à me laisser surprendre ; la fatuité de mon amoureux en eût trop bruyamment triomphé. C'est grand dommage que les hommes ne sachent pas abandonner aux femmes l'initiative de leur défaite ; il est vrai, d'ailleurs, que les femmes ne sont point assez fortes pour abandonner aux hommes cette facile gloriole, et c'est un des nombreux malentendus dont s'agrémente l'amour

entre personnes bien n
Les chats, qui sont c
animaux essentiel-
lement symboli-
ques, devant que
de procéder aux
gestes irrévo-
cables de la
passion, perdent
des nuits précieu-
ses à se pour-
chasser, à se

disputer,
à se griffer
sans né-
cessité ;
j'admire que
les hommes en
ceci mon-
trent autant
de raison que les angoras.

Au premier service, Ramon
qui me contemplait, me dit :

— Mon bonheur est parfait.

— Alors, sauve qui peut !

— Pourquoi ?

— Quand on annonce le bonheur parfait, c'est pour réclamer du supplément.

— Je ne réclame rien ; je suis près de
vous, je vous regarde, et personne ne nous
troublera ; cela me suffit. Vous gâtez la
minute présente par la peur de la minute
qui suivra. Nous autres rastas, qui sommes
moins loin de l'Homme primitif, nous
jouissons de l'instant ; j'oublie ici mes
ennuis.

— Tant pis ! ce serait pour vous une
autre jouissance que de me les confier.

— Des soucis commerciaux ; allons
donc !

— Croyez-vous que je reste indifférente
à ce qui vous touche ?

— Je le crois.

Je suis prise à mon piège ; je lui ai

marqué trop de dédain ; il ne comprend
pas que je commence à l'aimer ; il faut que je
détruise moi-même mes anciens travaux de défense, non sans un secret orgueil de les trouver si solides.

— Je
n'ai plus d'indif      férence
pour vous, je vous jure !

— Soit ; le jeu continue à vous plaire,
mais le jouet vous importe peu. Chaque
jour, je tremble de vous perdre ainsi que
vous m'en avez menacé. Je vous citerai vos
paroles : « Je disparaîtrai de votre vie,
ainsi que j'y suis entrée, à l'improviste ;
vous ne connaîtrez rien de moi ! » J'ai renoncé à découvrir votre nom ; demain vous
partirez et je resterai seul ; j'ai beau ruser,
je ne suis pas de force.

— Ces paroles-là datent de deux mois ;
j'ai pu changer d'avis.

— Tenez, ne revenons plus là-dessus ;
je gâte mon plaisir de vous avoir.

Il était sincèrement triste ; je me repro-
chai de l'avoir affligé.

Aussi bien l'incognito me pèse :

— Je vais vous accorder une grande
marque de confiance ; puisque vous renoncez
à l'apprendre, je vous dirai mon nom.

— Qu'est-ce que cela cache ?

— Etes-vous ombrageux ! A présent,
vous ne voulez plus de mon état civil !

— Dame, vous avez des raisons pour
me le refuser...

— Ces raisons ne subsistent plus.

Je lui déclinai mes noms et qualités ; je
terminai par un petit sermon sur la néces-
sité de la discrétion ; il jura de ne point
s'imposer, de ne point m'écrire. Dès lors,
il fut rassuré.

Il m'a fallu lui raconter mon existence
dans ses moindres détails ; il veut vivre en
pensée près de moi, dans mon intimité. Il
m'écoutait d'un air extasié, de même qu'un
enfant écoute une légende ; je parlais, et

jamais je n'eus autant de plaisir à bavarder. L'orchestre des tziganes éparpillait des

JE ME LAISSAIS GUIDER.

passé avec un entrain extraordinaire, comme on jette une vieille défroque hors d'usage.

J'obtins un réel succès auprès de celui que j'appellerais mon aimable Amphitryon, si je ne me souvenais que ce brave général fut indignement trompé par Jupiter ; le véritable Amphitryon n'est pas toujours celui où l'on dîne. — Seulement, j'avais donné barres sur moi.

— Vous fumez, n'est-ce pas ?

— Non, je ne fumerai pas.

— Je vous en prie, ne vous gênez pas pour moi ; mon mari fume.

— Je ne fumerai pas, vu que j'ai l'intention de vous embrasser...

J'aurais dû me fâcher... Je pris le parti de rire. Au bout du compte, c'était au programme ; le baiser ne comptait plus dans le territoire contesté. La terrasse s'était vidée, l'orchestre ne jouait que pour nous seuls ; le chef me gratifiait de regards incendiaires ; je fis observer à Ramon :

musiques d'une volupté insidieuse ; peu à peu, je me grisais de phrases, de grand air, de violons et de bonheur. Je liquidais mon

« Je produis de l'effet sur les violonistes ».

Aussitôt le musicien, devinant qu'i

était question d lui, sans interrompre la czarda commencée, descendit et vint jouer près de mon oreil-

idée de sauvage : m'attirer dans un coin désert et profiter de l'occasion pour achever ma séduction. J'ét déterminée à ne point céder ; la simple nature est un décor mal commode ; il me vint en tête des anecdotes de gens surpris par le garde-chasse au moment où ils s'abandonnaient à la plus franche cordialité ; et puis ce parc solennel

le, me donnant à apprécier la qualité du son.

Il avait un vague air de famille avec mon amoureux basané, les mêmes dents éblouissantes, les mêmes yeux langoureux ; le tzigane avait plus de bagues et sentait le cigare. Je n'eus pas le loisir de poursuivre la comparaison : Ramon se prit à regarder le joueur de violon d'une manière significative ; l'homme aux brandebourgs se tint pour averti, murmura quelques mots d'excuses et restitua son archet à l'ensemble. En guise de vengeance, à notre départ il entonna la marche de Rakocsy dont le motif nous harcela jusque sous le couvert des arbres.

Le parc de Saint-Cloud est assez peu fréquenté ; Ramon me proposa d'y promener notre désœuvrement ; il avait son

— ETES-VOUS OMBRAGEUSE !

et désolé m'en imposait : il y plane la mélancolie des domaines dont le temps est passé, et qui ne gardent trace ni des splendeurs ni des désastres, la mélancolie de Versailles ou de Trianon ; le bois suranné est comme désaffecté des souvenirs qu'il abritait. A l'orée, un étalage de guinguettes où errent des garçons résignés ; des tournevires, des tirs à la carabine, des marchands de gaufres. Sous les arbres ondule la double voie des montagnes russes.

Mais, plus loin, le Parc reprend sa noblesse triste. Nous allions dans les allées, côte à côte, saisis par le silence hautain de la solitude ; nous allions sans pensée, plaçant un pas devant l'autre, oubliant que nous étions venus là pour d'ultimes cérémonies ; point d'autre bruit que, de temps en temps, l'infinie vibration d'une grosse mouche bleue filant à nos oreilles.

Par acquit de conscience, Ramon me demanda :

— Vous êtes fatiguée ? Nous nous assiérons là-bas, à ce banc de pierre.

Je n'eus même pas à refuser ce banc ; il était occupé par trois petites nonnes en noir qui causaient paisibles et sans gestes ; elles convenaient bien au paysage ; en passant, je les entendis qui décrivaient leurs parents : « ... L'aîné a quinze ans, très intelligent ; l'autre est souffrant, mais il allait mieux quand je l'ai vu, à Pâques ! » Les petites nonnes nous ont tranquillement examinés, baissant seulement la voix.

« Là-bas, il y a un banc plus isolé. Le hasard y mit une mauvaise volonté acharnée ; le banc était vide ; mais à deux pas de là un malencontreux jardinier fauchait l'herbe ; le banc suivant était garni de deux officiers occupés à dessiner, du bout de leur stick, des éventails dans le sable ; aux alentours d'un autre banc, des pauvresses accroupies cueillaient des champignons, à chaque détour du bois, il y avait un figurant dont la fonction était de nous préserver des irréparables sottises. Ramon m'avait donné le bras et, pour tromper sa faim, il m'embrassait, à petits coups, dans mes frisons ; cela eut pour effet de me couper soudain les jambes ; une grande lassitude m'envahissait et le misérable en profitait ! Il me poussait petit à petit dans le taillis ; je voyais le danger, le délicieux danger, et je n'avais pas la force de résister. Une dernière prudence me fit retourner et j'entrevis à travers les feuilles la casquette plus verte d'un garde. Un peu

plus et j'échouais à la correctionnelle. J'avertis Ramon :

« Gare ! on nous épie ! »

Il vérifia et nous regagnâmes le droit chemin.

Par exemple, ce maudit garde, persuadé de l'impureté de nos projets, se mit à nos trousses ; il nous suivait à vingt mètres, s'arrêtait si nous nous arrêtions, repartait dès que nous repartions ; nous pressions le pas, il le pressait aussi. Ramon, que vexé !... Son plan aboutissait à ça, une journée de perdue !

Le gardien s'était taillé une badine qu'il enjolivait d'arabesques gravées à la pointe du couteau, et, tout en nous surveillant, il sifflotait un air de gigue. Je m'amusais pour mon argent.

— Vous n'aviez pas prévu le gardien, dis-je à Ramon.

— Moquez-vous de moi par-dessus le marché.

— Je constate que vous avez une mine plutôt ennuyée.

— Moi ? Oh ! peut-on dire !

— Le gardien ne nous quittera pas, il flaire un procès-verbal.

— Vous en avez assez de Saint-Cloud ?

— J'y ai passé une journée parfaite ; il faut rentrer : nous ne pouvons immobiliser à notre profit la garnison du Parc. Qu'en pensez-vous ?

— Partons...

Escortés du gardien tenace, nous retournons sur nos pas ; les lèvres de Ramon avaient repris l'exploration de mes frisons et, comme je savais derrière nous l'ombre verte de l'autorité qui empêchait les conséquences, je m'abandonnais sans inquiétude à la douceur de ces menues caresses ; nous repassâmes devant les tournevires, les montagnes russes, les tirs à la carabine, les garçons mornes, les jeux de massacre ; puis devant le restaurant bleu veuf de ses tziganes ; au seuil du Parc, le gardien fit demi-tour.

Et ce fut l'ascension du chemin en pente qui grimpe à la gare ; j'étais paralysée de fatigue, et si contente ! J'eus un regard de pardon pour le panorama de Paris et sa banlieue. Comme nous débouchions sur le quai, le train de Versailles partait... le temps d'ouvrir une portière... Ramon me précipita dans un compartiment vide... Ouf !

J'étais essoufflée.. Les mots me manquaient ; une vague inquiétude me fit regarder devant moi : j'étais en face des lucarnes triangulaires, au centre desquelles oscille un anneau ; la même pensée poussa Ramon à se lever et à jeter un coup d'œil distrait dans le compartiment précédent ; il me dit :

— Il n'y a personne.

— Vous êtes sûr ?

— Sûr.

Il s'assit tout contre moi et passa un bras autour de ma taille:

— Enfin, seuls !

— J'attendais celle-là ; mais on s'en est déjà servi, au bas d'une gravure.

Le ton était un peu forcé et trahissait la crainte qui me gagnait.

Ramon, me serrant plus fort, me répondit d'une voix changée :

— Vous comprenez ce que j'entends par : enfin seuls !

— Vous avez du plaisir à être près de moi ?

— Le train est semi-direct, nous n'arrêtons pas avant Paris...

— Tant mieux... je déteste les longs trajets.

Et, avant que j'eusse achevé, il... (Vrai, je ne peux pas t'écrire ce qu'il tenta ; ma lettre n'aurait qu'à s'égarer ; rangeons ça sous la dénomination générale : *Voies de fait.*) Et alors...

Et alors ma bonne éducation reprit soudain le dessus ; sans le garde, au Parc, je cédais à la tentative... mais là, dans ce wagon, en butte à toutes les surprises, à même la saleté terne de la ban-

AUSSITOT LE MUSICIEN DESCENDIT ET VINT JOUER PRÈS DE MON OREILLE.

quette, je ne pouvais pas. J'eus la vision de gestes grotesques, gauches, en plein jour, le je ne sais quoi de cassé, de ridicule, d'une attitude maladroite ; et ça, la conclusion de mon cher roman ! — Sur-le champ, je décidai que cette fois encore je me refuserais.

Il était penché sur moi, il me couvra la figure de baisers furibonds, et à leurs de mes yeux, je voyais ses yeux énormes, terribles.

— Qu'est-ce qui vous prend? Vous me faites peur !

— Je veux... je veux... vous.

— Laissez-moi ; je ne veux pas... Laissez-moi, ou je crie.

— Je vous aurai.

Ma chère petite amie, je voudrais te montrer la pauvre créature que j'étais, bloquée dans un coin de wagon par un gaillard solide, entêté, qui suivait son idée ; je me sentais toute petite et perdue. « Ça y est, cette fois ; je n'en réchapperai pas. » Et je n'avais plus aucun entrain, au contraire ; un immense regret me venait de rater aussi vilainement mon chapitre décisif.

Aussi je me débattais, je mordais, je griffais, mais lui devenait presque fou, il avait un sourire méchant et stupide qui lui découvrait les dents, et il essayait de joindre mes deux mains dans une des siennes ; il répétait

— Voyons !... Voyons !...

— Vous me cassez les poignets !

— Voyons !... Voyons !...

— Lâchez-moi... Oh ! que c'est bête !

— Je vous en prie... Voyons !

Et soudain, il réunit mes deux mains dans sa poigne ; il avait une main libre... j'étais flambée (sauf ton respect). Il me jail-

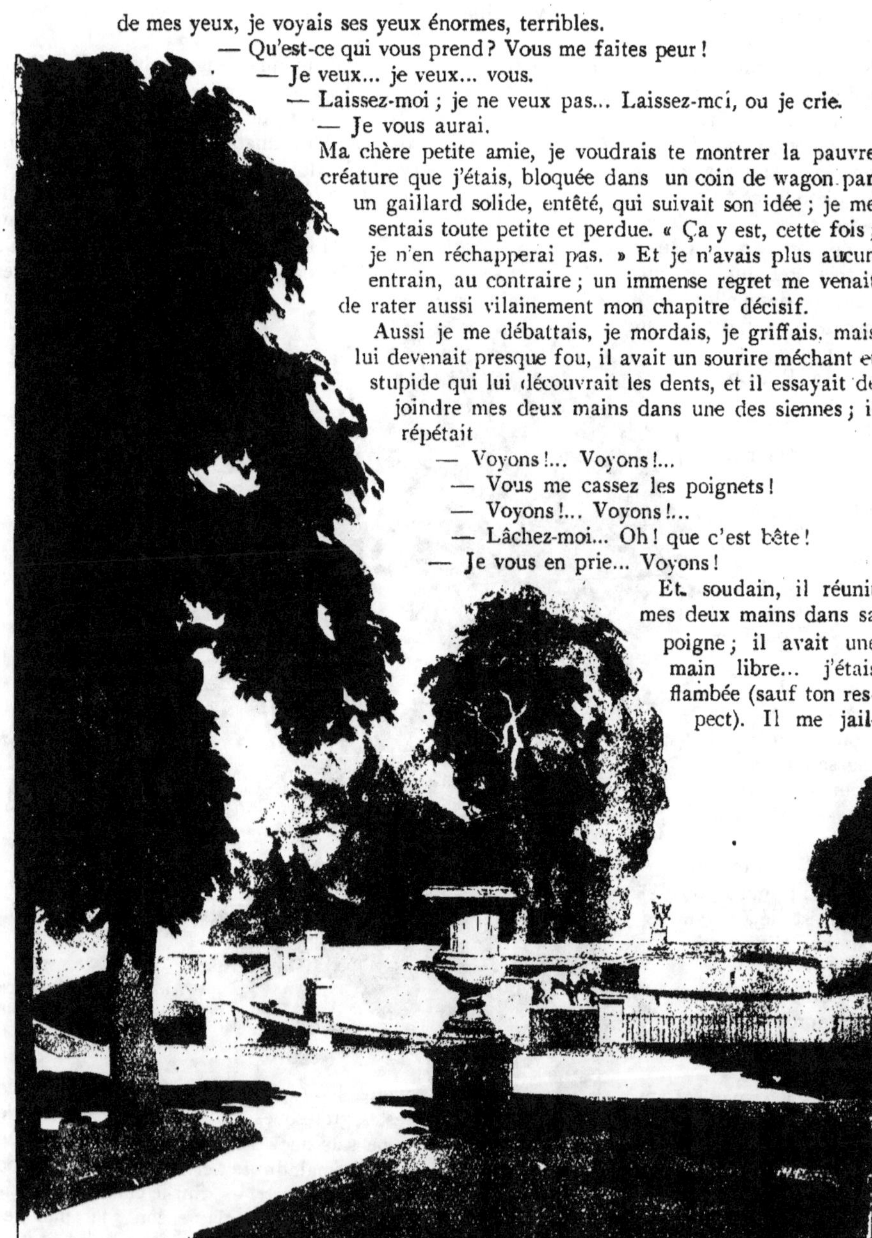

IL Y PLANE LA MÉLANCOLIE DES DOMAINES.

lit une ruse enfantine ; je tournai les yeux et je lançai :

— Oh ! un contrôleur !... Perdue !

Il me lâcha aussitôt et se retourna ; d'un brusque mouvement, je le repoussai, je saisis le petit anneau d'alarme. Sauvée !

Il hésita une seconde ; après la préalable stupéfaction, il se consulta :

« Faut-il continuer la violence, ou faut-il parlementer ? »

Il parlementa :

— Vous êtes habile !

— Dame ! je n'ai pas la force pour moi.

— Moi, je l'ai...

— Je m'en aperçois.

— Et j'ai grande envie de l'employer.

— Je ne vous le conseille pas.

— Cependant, si je passais outre ?...

— Je tirerais sur cet anneau, et j'agiterais ensuite le bras par la portière, ainsi que le prescrit la *Manière de s'en servir* qu'une administration prévoyante a vissée au-dessus dudit *Signal d'alarme*.

— Oh ! que non ! le scandale...

— Que si ! A la moindre velléité d'attaque, advienne que pourra, je me pends à l'anneau ; au bout de l'anneau est un timbre ; on arrête le train, on nous arrête, on prend nos noms, et comme vous êtes un galant homme, vous vous déclarez coupable et vous assumez toutes les responsabilités.

(Il ramassa son chapeau qui avait roulé sous la

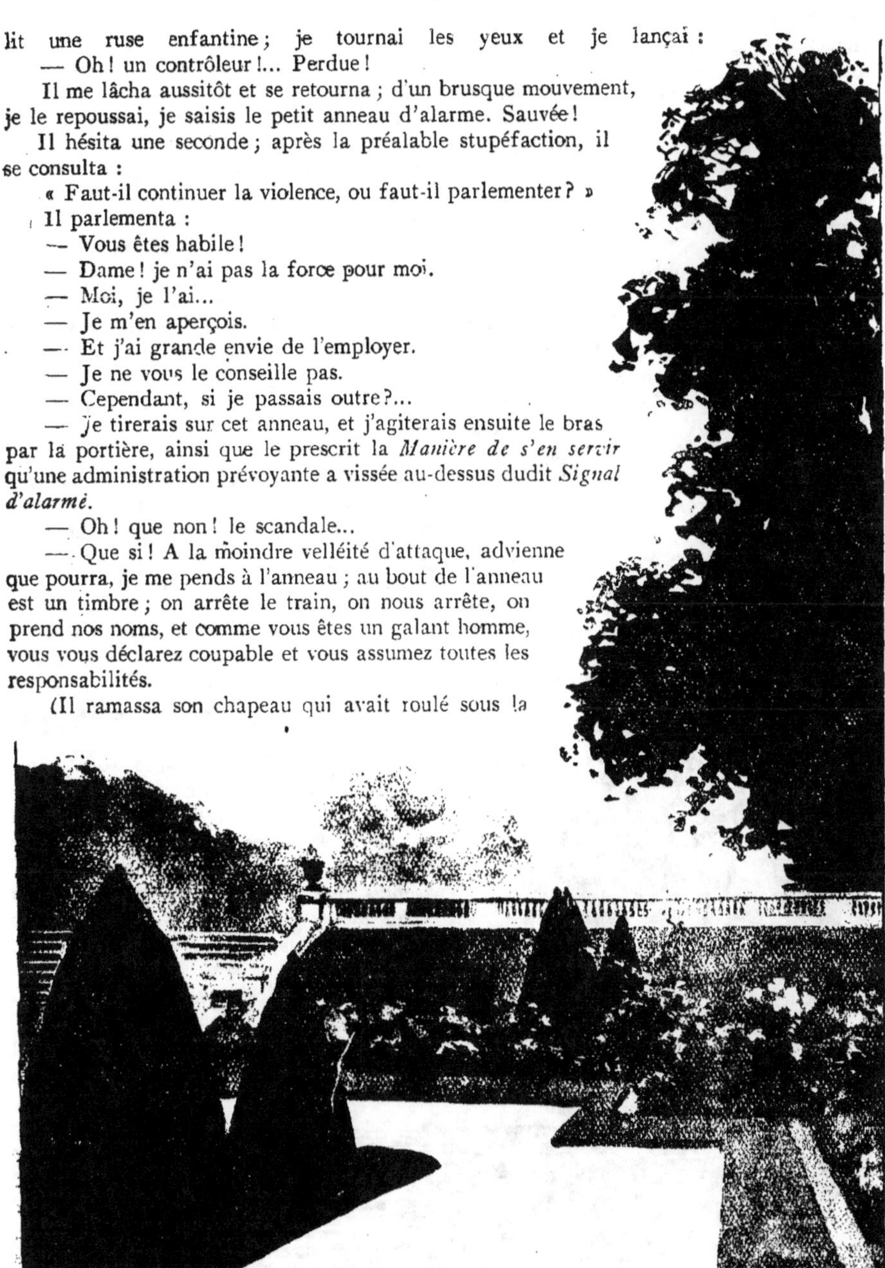

CE PARC SOLENNEL ET DÉSOLÉ M'EN IMPOSAIT.

banquette, à grands coups de coude le brossa.)

— Lâchez cet anneau ! Vous n'avez rien à craindre.

— Je ne le lâcherai qu'à Paris, quand le train entrera en gare.

— Je vous jure que je me muselerai !

— Ne jurez pas, je suis remplie de méfiance.

— Regardez, je m'assieds au bout du wagon !

Alors je consens à m'asseoir à mon tour : auparavant, je passe le pompon de mon ombrelle dans l'anneau ; en cas de danger, je n'aurai qu'à tirer sur l'ombrelle que je tiens au port d'armes.

Aussi je dis à Ramon :

— Maintenant, je vous autorise à vous placer en face de moi !

Il obéit de mau-

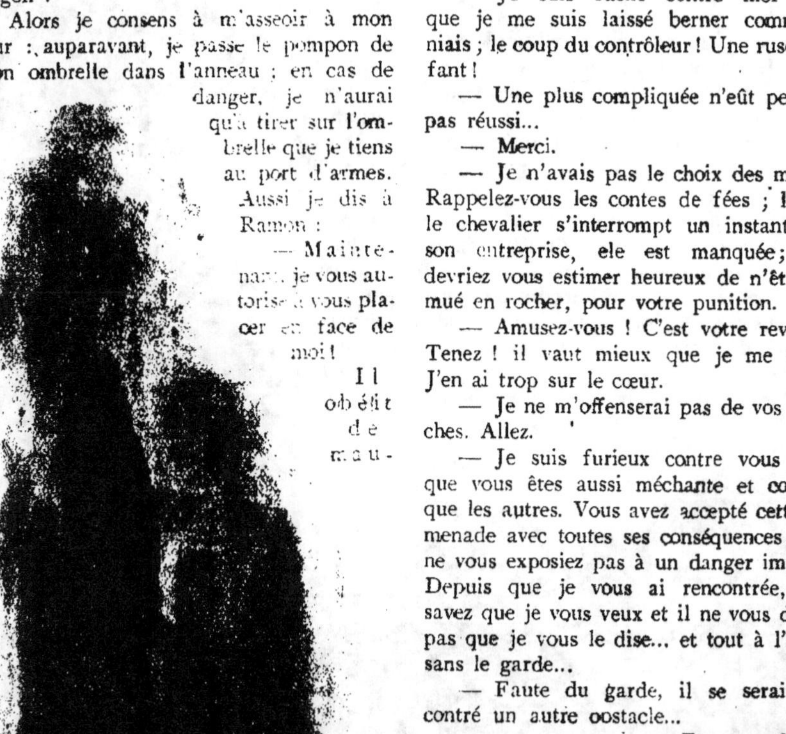

JE M'AMUSAIS POUR MON ARGENT.

vaise grâce ; il vérifia d'un regard mon système d'appel au peuple et, le jugeant irréprochable, il se détourna de moi pour contempler par la portière l'éternelle poursuite des poteaux télégraphiques. Il était confus et penaud : je rompis le silence :

— Vous ne dites plus rien ! Vous êtes fâché ?

— Oui, contre moi et contre vous.

— Sortez vos griefs.

— Je suis fâché contre moi parce que je me suis laissé berner comme un niais ; le coup du contrôleur ! Une ruse d'enfant !

— Une plus compliquée n'eût peut-être pas réussi...

— Merci.

— Je n'avais pas le choix des moyens. Rappelez-vous les contes de fées ; lorsque le chevalier s'interrompt un instant dans son entreprise, elle est manquée ; vous devriez vous estimer heureux de n'être pas mué en rocher, pour votre punition.

— Amusez-vous ! C'est votre revanche. Tenez ! il vaut mieux que je me taise ! J'en ai trop sur le cœur.

— Je ne m'offenserai pas de vos reproches. Allez.

— Je suis furieux contre vous parce que vous êtes aussi méchante et coquette que les autres. Vous avez accepté cette promenade avec toutes ses conséquences ; vous ne vous exposiez pas à un danger imprévu. Depuis que je vous ai rencontrée, vous savez que je vous veux et il ne vous déplaît pas que je vous le dise... et tout à l'heure, sans le garde...

— Faute du garde, il se serait rencontré un autre obstacle...

— Etes-vous fausse ! Ce matin, vous vous montriez confiante, gentille ; je me réjouissais : « Elle m'aime un petit peu. » Et, au dernier moment, la sonnette d'alarme !...

— J'ai eu peur.

On prévient !

— Je vous ai prévenue suffisamment. Tenez, il y a cinq minutes, j'étais si furieux que je me suis demandé si je n'allais pas vous étrangler.

— C'eût été une belle mort.

— Plaisantez, à votre aise ; je vous jure qu'il est imprudent de jouer...

— ... Avec les *âmes à feu ?*

— Parfaitement ; et je suis décidé à ne plus vous servir de souffre-caprice ; ou vous vous donnerez, ou je reprendrai ma liberté.

Il était ravi de sa scène et il en guettait l'effet ; cependant que je demeurais accrochée à l'anneau, je chapitrai mon pauvre amant :

— Vous êtes plus enfant que je ne pensais ; je vous aime et j'ai cessé de jouer ; je vous l'ai prouvé ce matin, d'abord en vous accompagnant à Saint-Cloud, ensuite en vous livrant mon nom.

— La belle affaire !

— L'incognito était ma seule garantie ; j'y ai renoncé ; toutefois j'ai éventé votre petit projet de séduction, avec le Bois au dénouement.

— En effet, un peu plus, ça réussissait.

— Il est préférable, pour l'avenir, que ça n'ait pas réussi ; quant aux violences de tout à l'heure, je suis enchantée de les avoir repoussées ; ces manières-là, usitées chez les Apaches, sont le fait du dernier des...

— Du dernier des goujats ?

— LAISSEZ-MOI, JE NE VEUX PAS... LAISSEZ-MOI.

— Non... du Dernier des Mohicans ; je ne suis pas sévère.

— Alors, que ferez-vous de moi ?

— Expliquons-nous ; je suis résolue à

me donner à vous ; j'entends rester maîtresse de céder au jour et à l'heure que je
désignerai.

— Ce sera bientôt ?

— Oui... Eh ! là, ne bougez pas, je tire !

— Je suis calmé ; je vous prie de me
pardonner, je me suis très mal
conduit. C'est honteux !

Un petit saint en
niche... Je quittai
l'anneau ; désor-
mais, j'étais
en sûreté ; je
permis des

baisers de
consolation.

Aussi bien
nous étions à Paris.

En me quittant, il me
demanda :

— Pardonné ?

— Oui, j'oublierai !

Mais pas du tout ! Je
me garderai bien d'ou-
blier ! Il était superbe, lorsqu'il s'est pré-
cipité sur moi ; à distance, j'avoue que
l'anxiété ressentie était exquise ; vraiment
je ne suis pas de l'avis de Lucrèce : il y
a un certain plaisir à être... dragonnée ; je
regrette presque d'avoir surmonté cette
épreuve ; il eût peut-être été très doux d'y
succomber. Toujours le sot orgueil ! Depuis
hier, je suis obsédée du souvenir de ces
yeux avides qui me terrifiaient, de ces bras
qui me blessaient ; je ferme les yeux... je ne
résiste plus et j'essaie de me figurer ce... qui
serait arrivé ensuite. Mais voilà ! je suis
comme Lucrèce, j'ai été trop bien élevée...

Encore Lucrèce est-elle allée jusqu'au bout
de la bousculade.

Et dès lors, la situation ne lui laissant
rien à désirer, le suicide n'était plus qu'une
contenance historique.

Le soir, j'exécutai un solo
d'imagination sur ce thème :
*« Une jeune femme de
la noblesse décrit
son voyage à
Ecouen et sa
visite à une
amie en
instance de
divorce. »* J'ai
dépeint le cou-
vent, les sœurs, ton
existence ; tu es un
peu pâlie, un peu
triste ; nous avons passé
la journée dans les bois
d'Ecouen. (A propos, y
a-t-il des bois à Ecouen ?)
Tu m'as invitée à réitérer ma visite ; ceci
pour préparer une autre sortie. Roger était
enchanté d'apprendre que tu es triste :
« Elles sont toutes les mêmes ! Aussitôt divorcées, elles se mordent les doigts. »
J'étais trop heureuse, et j'ajournai la
discussion. Je me suis retirée de très
bonne heure ; j'ai repassé tous ces événements.

Enfin, je ne m'ennuie plus, j'ai un intérêt vital, un secret à cacher ; je n'hésite
point, je me laisse glisser au fil de l'aventure, la belle aventure, ô gué !

Je te serre violemment sur mon cœur.

— En cas de danger, je n'aurai qu'a
tirer sur l'ombrelle.

## IX

### OU LES ÉVÉNEMENTS COMMENCENT A SE PRÉCIPITER

*Monsieur le curé, ma chemise brûle !*
P. Verlaine, *Pantoum.*

Ma petite amie chérie, à l'heure où tu recevras cette lettre, le sacrifice sera consommé.

Y a plus à s'en dédire ! J'ai promis, je tiendrai ; une fois encore, le fauve aura dévoré le dompteur. Les ultimes accords sont terminés, le jour pris ; il ne reste qu'une formalité : l'entrée en possession. J'ai hâte d'en avoir fini avec l'appréhension du plaisir, et dès que je me serai donnée toute, dussé-je le regretter, j'éprouverai enfin le soulagement que confère, aux consciences timorées, une grande décision.

En somme, je suis à bout de forces, j'ai les nuits affreuses ; mes pauvres nerfs menacent de claquer, tant je les surmène. — Tu n'es plus au courant ; depuis ma lettre, je l'ai revu à deux reprises, et, dame ! il me traite en pays conquis !

D'abord au bois de Boulogne, dans un petit coin de feuillage perdu, inconnu, à vingt pas d'une allée encombrée d'équipages. Nous sommes restés une après-midi, si loin du monde et néanmoins si près ; j'ai perdu mes terreurs anciennes, je me lance bellement dans la bravade ; si on me surprend, tant pis ! Je n'ai plus le temps de m'attarder au soin mesquin de ménager la susceptibilité des gens qui passent et j'ai trop hâte d'être aimée...

Les gens qui passent, qui regardent, qui envient et qui blâment parce qu'ils ont envié : j'en faisais partie, il y a deux mois. Je considérais les couples enlacés sur les bancs et je me consolais de leur bonheur en m'affirmant supérieure. Il faut s'asseoir sur le banc, pour mépriser l'attitude méprisante des passants. Suis-je heureuse ? Je l'ignore encore ; je te le dirai quand se sera dissipée cette sorte d'angoisse douloureuse

et sensuelle. Je constate la parfaite impossibilité de nouer deux pensées ; parfois j'essaie de me rendre compte — et je n'ai pas la force. Mon ironie fait relâche et se tait ce que j'appelle mon Chamfort intérieur. Demain, j'accomplirai la démarche la plus décisive de ma vie : je consacrerai mon premier amour.

Car il est vraiment mon premier amour ; certes j'ai commis en pensée et souvent ce que l'abbé Vigot appelle *un adultère mental.* Valentine, qui n'a pourtant rien à se reprocher, m'avouait avoir usé de ce subterfuge. Ainsi que bien des femmes, j'ai « transposé » certaines sensations conjugales, les attribuant en imagination à divers messieurs. Je n'obtenais que ce triste résultat : je me dégoûtais aussitôt desdits messieurs. (O les baisers que l'on donne aux maris en rentrant du bal !) Roger a de la sorte lésé à son insu une kyrielle d'amants imminents. Mon actuel amoureux échappe à cette épreuve ; je ne peux pas... placer sa tête sur les épaules maigres de mon mari.

Donc, l'autre jour, au Bois, après une frénésie de caresses, j'ai cédé ; à cette question :

— Quand serez-vous à moi ?

— J'ai brusquement et comme on se jette à l'eau — répondu :

voulez ; indiquez-moi où je dois vous rejoindre !

D'abord, il a paru stupéfait de cette victoire subite. — Un jour, au bal de l'Opéra, j'ai vu tirer la grande loterie, dont le lot principal était un landau, un landau superbe attelé de deux chevaux ; il échut à un petit employé de magasin qui trahit son ahurissement par un : « Fichtre ! quelle uile !... d'une sincérité navrante ; cela signifiait : « Qu'est-ce que je vais en faire ? Où remiserai-je la voiture ? Avec quoi nourrir les chevaux ? Et le cocher ? A qui vendre ça ? Et cette nuit, où l'abriter ? » Et pourtant il avait pris un billet !

Depuis, j'ai toujours observé la contrainte des hommes lorsqu'ils devaient prendre livraison des bonheurs espérés ; le bonheur est une chose embarrassante, qui se case mal dans une vie ordinaire, qui s'accorde mal avec les habitudes de résignation acquises ; le bonheur encombre !

Ce pauvre Ramon avait gagné son landau !

J'eus un serrement de cœur en apercevant sa mine gênée. Il m'avait saisie entre ses bras et me promenait sous les narines le cosmétique de sa moustache, en me répétant :

— Merci ! merci !... Vous êtes bonne ! Vous êtes bonne !

Cependant ses yeux fixaient dans le feuillage un point d'inquiétude et je suivais sur sa figure le défilé de ses réflexions :

— Il n'y a pas à reculer... faut marcher...

... Et il faut marcher tout de suite, sans hésitation...

... Où vais-je la mener, car je dois la mener dans un aimoir quelconque, sur-le-champ...

... Voyons ! je ne peux pas la mener chez moi !...

Et j'eus aussitôt la vision de ce chez-moi. L'autre semaine j'explorai la rue Hauteville, afin de prendre un avant-goût de l'hôtel Clifton. J'ai fini par le dénicher. C'est un de ces hôtels pour Roumains, comme il en fourmille aux alentours du Conservatoire ; au rez-de-chaussée, l'entrée sous une marquise sépare la salle à manger du parloir-salon ; dans la salle à manger, les serviettes pliées en éventail au-dessus des verres se font vis-à-vis sur la nappe éternellement préparée ; le soir tout resplendit de lumières ; dans le salon, le poker se joue de midi à trois heures du matin entre jeunes gens ornés de favoris coupés ras à mi-menton ; les journaux stagnent sur la table centrale ; un nègre dort sur le canapé. Mais j'ai deviné les chambres, les tapis fétides, les glaces au cadre écaillé, les gravures, une *Vue du port de Calais* et *Coriolan chez les Volsques ;* la pendule de cuivre estampé, sans globe, et deux chandeliers en plomb bronzé ; le lit, l'ignoble lit à rideaux, obscur comme une cave, et le linge gras, et la poussière, et le papier qui gondole, et les souillures de bougie sur le marbre-buvard de la table de nuit, la carpette gluante, les habits pendus au porte-manteau, la garniture de toilette lézardée, les bottines qui errent, le peigne qui traîne sur la cheminée, parmi des portraits de femmes et des lettres amoncelées.

J'ai visité cette chambre-là ; quand mon cousin Jacques s'est tué, nous avons dû le reconnaître, à l'hôtel où il était descendu ; on nous a menés au premier, au fond d'un couloir ; à côté, une flûte ânonnait des exercices. J'imagine le « chez-moi » de Ramon analogue à la chambre en question.

Il continuait à chercher :

— La mener dans un autre hôtel ? Tous les hôtels se ressemblent...

... Je n'ai pas le temps de louer une garçonnière, la classique garçonnière, du côté de la rue de Rivoli...

... Fichue organisation ; j'aurais dû prévoir. Oui... mais, frais considérables ! Et si ma garçonnière m'était restée sur les bras ?

... La mener dans un *hôtel spécial ?* Jamais ! c'est dangereux, surtout pour elle...

... Et puis, une Femme du Monde !

En pensant à ma qualité de femme du monde, il me regarda des pieds à la tête... Tout compte fait, j'étais d'un emploi difficile !

Alors, il chercha dans ses relations :

— Ai-je un ami qui me prêterait le local indispensable ?...

... Après tout, je n'ai besoin que d'une chambre, pas luxueuse, mais gaie...

... Il nous suffira de deux heures... au maximum...

Je dois avoir ça, dans mes connaissances... Mais non ! je n'ai pas ça !...

... Ah ! si, un peintre ! les peintres prêtent volontiers leur atelier pour les aventures de ce genre... ils ne sont pas durs...

Dans un petit coin de feuillage perdu, nous sommes restés une après-midi.

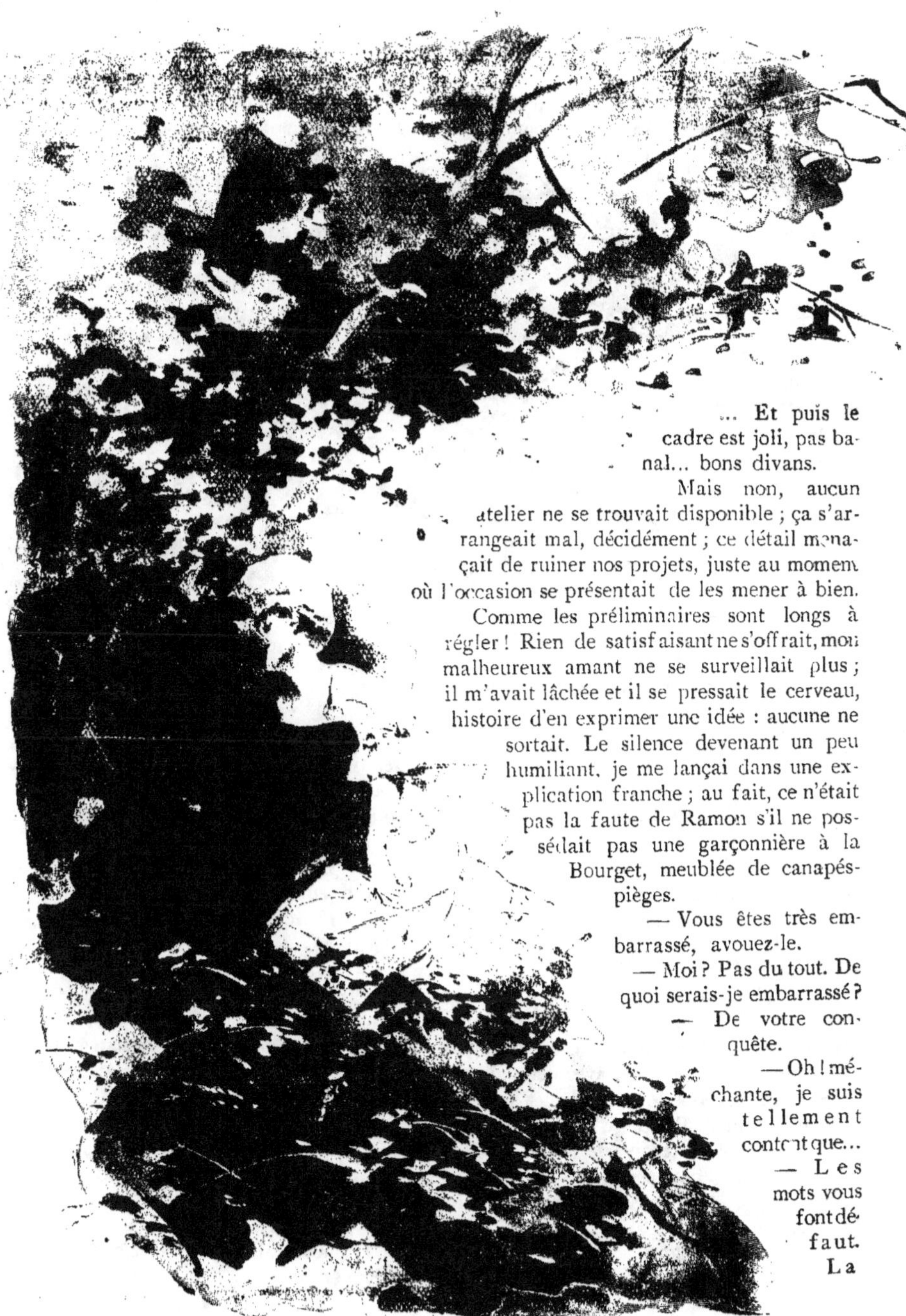

... Et puis le cadre est joli, pas banal... bons divans.

Mais non, aucun atelier ne se trouvait disponible ; ça s'arrangeait mal, décidément ; ce détail menaçait de ruiner nos projets, juste au moment où l'occasion se présentait de les mener à bien.

Comme les préliminaires sont longs à régler ! Rien de satisfaisant ne s'offrait, mon malheureux amant ne se surveillait plus ; il m'avait lâchée et il se pressait le cerveau, histoire d'en exprimer une idée : aucune ne sortait. Le silence devenant un peu humiliant, je me lançai dans une explication franche ; au fait, ce n'était pas la faute de Ramon s'il ne possédait pas une garçonnière à la Bourget, meublée de canapés-pièges.

— Vous êtes très embarrassé, avouez-le.

— Moi ? Pas du tout. De quoi serais-je embarrassé ?

— De votre conquête.

— Oh ! méchante, je suis tellement content que...

— Les mots vous font défaut. La

vérité, c'est que vous ne savez pas comment organiser la victoire. Si

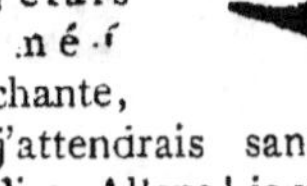

j'étais né chante, j'attendrais sans rien dire. Allons ! je vous aiderai ; j'accepte ce que vous n'osez me proposer.

— Vous acceptez ?

— Oui.

— Oh ! que vous êtes bonne ! Vous voulez bien QUE JE VOUS ACCOMPAGNE CHEZ VOUS ?

Je ne m'attendais pas à cette réplique, et je répondis brutalement :

— Ah ! non ! par exemple !

— Je croyais...

— Chez moi, c'est chez mon mari.

— Je sais ; et après ? Chez votre mari, c'est chez vous.

— Ecoutez, cher homme des cavernes ; je passe de l'amour en contrebande ; mais je ne pousse pas l'audace jusqu'à le déguster dans la cabane du douanier. Ces scrupules vous étonnent ?

— Oui ; toutes les fois qu'il va rue Jasmin, le douanier fait de la contrebande ; j'ai pris mes informations... C'est un agent de change qui est en titre, avec deux autres ; votre mari n'est que le quart de cet agent de change, paraît-il. Est-ce qu'il tergiverse, lui ?

— Moi, je ne tergiverse point, je vous dis : Non, pas chez moi. J'ai des ménagements à prendre, ne fût-ce qu'envers les domestiques.

— On les éloigne.

— Je n'ai aucun prétexte valable ; il semblerait étrange que je désirasse être seule à dix heures du soir.

— Si j'insiste, c'est que je n'ose pas vous avouer...

— Quoi ? Que l'hôtel Clifton n'est pas le dernier mot du confort ?

— Hélas !

— Je m'en doute, allez ; vous n'avez pas su prendre vos mesures, vous n'avez pas préparé ce que l'on a coutume de nommer le *nid* ?

— Je dois vous paraître bien maladroit, je n'ai rien préparé du tout ; et l'hôtel Clifton ne ressemble en rien à un nid.

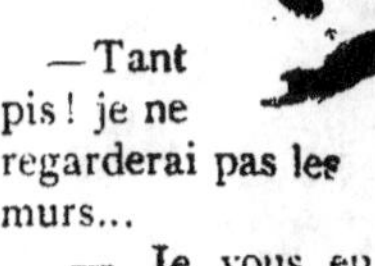

— Tant pis ! je ne regarderai pas les murs...

— Je vous en supplie, ne m'infligez pas l'humiliation de vous recevoir dans ce taudis, au milieu des gens qui habitent là.

— Je me contenterai du taudis en attendant mieux.

— Puisque vous êtes assez brave, soit, à demain !

— Vous viendrez me chercher.

Et la séance s'est terminée dans la mimique.

Le lendemain, je l'ai retrouvé sur l'esplanade des Tuileries, le long de la Seine ; il était quatre heures et demie ; Ramon était accoudé sur le parapet ; je me suis approchée de lui sans qu'il me vît ; j'avais disposé l'emploi de mon temps de façon à lui donner deux heures.

— Etes-vous prêt ?

Il paraissait triste et m'embrassa distraitement :

— Je vous suivrai où vous voudrez.

Aucune réponse :

— Prenez garde ! ne me laissez pas temps ... réfléchir !

Il s'emporta :

— Vous êtes de mauvaise foi, vous vous offrez et vous vous refusez en même temps ; je vous répète que, pour toutes les raisons du monde, je ne puis vous conduire chez moi ; hier, en rentrant, j'ai dû me convaincre de cette impossibilité. Vous ne seriez pas en sûreté ; tous ces rastas sont curieux... et puis, moi, je suis habitué à voyager. je me contente aisément. Cette chambre triste !... et puis, la rue d'Hauteville est trop fréquentée... Parbleu ! vous n'ignorez aucun de ces empêchements. Toute la journée, j'ai cherché un « aimoir » qui fût digne de vous, je n'ai pas trouvé. Ce que je vous proposais hier était mal pratique ; en effet, je ne saurais aller chez vous, c'est trop dangereux et je comprends que vous ayez peur...

— Moi ? Peur !

— Oh ! peur du scandale... la démarche dépasse vos forces ; vous consentez à risquer tout, sauf votre réputation et votre tranquillité ; il ne faut pas exiger cela d'une femme ; j'étais odieux ; mais je ne sais pas, moi ; je suis, comme vous dites, un sauvage ; je pensais : « Une femme qui aime vraiment ne recule devant aucun sacrifice ; elle ne réserve rien d'elle », et je vous désirais dans le joli cadre que vous m'aviez décrit. — Vous, dans mon horrible chambre ? Ah ! non !... Je n'osais pas vous avouer ma détresse... je suis honteux de ma gaucherie... un autre aurait inventé un expédient... Accordez-moi un peu de délai, je chercherai encore...

Je ne puis t'exprimer ma déconvenue ; je m'étais promis trop de joie de cette journée. il me coûtait d'y renoncer ; déjà, j'avais fait une grosse concession en acceptant l'hôtel Clifton. Je fus plus lâche :

— Quel singulier personnage vous êtes ! Vous ne calculez pas que, si je vous introduis chez mon mari, je cours un grand danger et je vous expose aux pires représailles.

— Peuh ! Votre mari, je lui défends de bouger...

— Il ne vous obéira pas. Et je supporterai les conséquences de votre caprice.

Nous avons discuté cette question longuement ; il avait une façon si câline de me persuader, et lorsqu'il m'eut amenée à composition il fut si joyeux. que je n'eus aucun remords ; et pourtant l'occasion était belle d'en avoir !

A ma rentrée m'apparurent les difficultés que rencontrait notre projet. Roger ne sort pas ; deux domestiques sont de service dans la maison ; le concierge veille en permanence. Comment éloigner tout ce monde, ne fût-ce que pendant deux heures ?

Règle générale : ne contrarions pas les événements, ils s'arrangent à notre gré ; s'ils se dénouaient d'une façon plus régulière, ils nous pousseraient à croire à la Providence.

Comme, ce matin, je désespérais d'écarter Roger, il m'attira mystérieusement dans sa chambre :

— Etes-vous capable de garder un secret ?

— Mon Dieu ! oui, je l'ai prouvé. De quoi s'agit-il ?

— Monseigneur le duc d'Orléans a désigné, en vue des élections prochaines, les membres d'un conseil secret, chargé de préparer les électeurs ; j'ai l'honneur de faire partie de ce conseil.

— Tiens ! vous aviez l'étiquette de républicain modéré.

— C'est dire que j'étais modérément républicain. Il entre dans les intentions de Monseigneur que nous persistions dans notre attitude. Le conseil se réunit ce soir ; nous arrêtons les termes d'une proclamation.

— C'est tout ?

— C'est tout. Monseigneur désire se maintenir dans une expectative résolue, dans une réserve énergique, sans toutefois céder un pouce de ses légitimes revendications ; c'est un Prétendant sans prétention, toute sa force est là. Nous rédigerons aussi les circulaires aux comités de province et nous organiserons les bureaux départementaux. Ces obligations me retiendront une partie de la nuit ; ne vous alarmez pas si vous ne me voyez pas rentrer.

Restaient ma femme de chambre et les autres : mais ce soir a lieu la fête annuelle des Gens de Maison. On m'a demandé discrètement la permission de m'abandonner toute seule dans l'hôtel ; je me la suis laissé arracher ; en sorte qu'à dix heures je serai tranquille ; l'air important de mon mari me rassure, il m'a dit la vérité ; j'ai six heures de liberté garanties. Ramon sera reçu par moi, je le lui ai télégraphié ce tantôt, en ce moment, il prépare son complet de séduction.

Ainsi j'aurai parachevé l'aventure ; je passe la revue de mes préliminaires états d'âme ; ils sont convenables ; pas d'impatience fébrile, pas de refus devant l'obstacle ; je sauterai gaillardement, j'ai tant reculé ce dénouement qu'il suscite chez moi à peine de la curiosité ; j'essaie de m'entraîner à l'aide de cette idée : « Tout à l'heure, un homme qui ne sera pas mon mari entrera dans cette chambre, exécutera une série de gestes d'une nature particulière ; il s'agit d'être attentive à ne pas gâter la conclusion de mon cher roman ; ça n'a pas d'importance en soi ; mais pour l'avenir, c'est gros de conséquences ; le malentendu en amour débute par un malentendu charnel ; si l'aventure se clôt par le : c'est tout ça ! du mariage, je suis volée ! »

Mais non, d'avance je prévois que ce ne sera pas comparable au déjà ressenti ; je suis fixée là-dessus, depuis — oh ! mon Dieu ! — depuis que je connais Ramon. Les petites mécaniques inconscientes qui déclanchent la sympathie restent invisibles à notre examen ; nous ne les connaissons que par leurs résultats ; cependant elles fonctionnent à notre insu dès que nous sommes en présence de celui qui nous aura complètement. Au Louvre, j'éprouvai non le coup de foudre auquel je ne crois pas, mais le *courant* ; aussitôt, comme dans les balances automatiques, les rouages ont fonctionné, lentement, mais... ça y est tout de même.

Je reconstitue la scène telle qu'elle se passera ; à son entrée, il débutera par un baiser sur les lèvres ; nous ne parlerons pas ; je le guiderai à travers les escaliers et les corridors ; j'aurai mon grand peignoir blanc, de coupe shakspearienne ; je tiendrai ma petite lampe ; nous entrerons dans ma chambre, et là, après une préface certainement courte, l'histoire se dénouera... c'est-à-dire que dix minutes après, je serai fixée sur moi-même : j'aurai eu la fameuse vibration dont tu me parlais, ou je ne l'aurai pas eue.

Vite, je ferme ma lettre afin que tu la reçoives demain matin. Je la jette moi-même rue Meissonier avant le dîner.

Plus que trois heures ! Ça brûle ! Ça brûle !

X

SŒUR ANNE, MA SŒUR ANNE

· · · · · · ·

MARLOWE.

Buisson creux ; j'ai passé une nuit entière à guetter un amant qui n'est pas venu, qui ne s'est même pas fait excuser ; j'ai appris à compter les minutes, à tuer le temps en le coupant en mille petits morceaux. Voilà une nuit dont je me souviendrai.

J'ai perdu la bonne habitude de me moquer de moi-même ; certainement je ne retrouverai pas une aussi belle opportunité. Je me suis postée en bas, dans le vestibule ; les domestiques s'étaient défilés à la suite de Roger. Aucun bruit dans l'hôtel ; mon cœur marquait les secondes.

A dix heures dix, on frappe trois coups discrets ; je me précipite : c'est le fiancé de ma cuisinière qui la venait prendre pour le bal ! « Elle est partie ! »

Bon ; dix minutes après, trois coups discrets, je saute. C'est un commissionnaire qui se trompe de porte.

A dix heures et demie, trois coups discrets. Je bondis : l'homme du *Petit Temps* me glisse sa feuille.

C'EST UN COMMISSIONNAIRE QUI SE TROMPE DE PORTE.

A partir de ce moment, plus de fausse alerte ; le noir du vestibule me gagne ; je monte avec la confuse espérance que ça LE fera venir plus vite. J'ouvre un livre, le livre de l'attente ; je relis la même page sans me lasser ; je cache la lampe, et je vais à la croisée surveiller la rue, secouée d'espérance dès que j'entends des pas ; une ou deux fois, j'ai cru le reconnaître en d'obscurs passants. Je me suis jetée dans les escaliers, je collais mon oreille à la porte... des pas qui se rapprochent, qui passent, qui s'éloignent. Est-on bête ! Je remonte, je marche de long en large, méditant une scène de reproches, plus amère à mesure que la nuit s'avance. Viendra-t-il ? — Il peut encore venir ! — Il ne viendra plus ! »

A quatre heures du matin, les domestiques sont rentrés dans un brouhaha de gaieté étouffée ; j'ai éteint la lumière ; le petit jour frais m'a chassée de la fenêtre ; je me suis endormie tout habillée sur mon lit, abrutie de fatigue.

Le lendemain, j'étais en lambeaux ; je me suis réveillée à midi et j'ai mis de l'ordre parmi mes raisonnements : « Ou bien il est malade, ou bien il n'a pas reçu ma lettre ». Je n'ai pas supposé un instant qu'il se fût volontairement refusé à cette entrevue qu'il avait tant souhaitée. J'ai donc écrit une carte-télégramme rageuse quoique en petit nègre (sa langue maternelle) :

*Pourquoi n'être pas venu ? Ai attendu cinq heures, prière répondre vite ; inquiète ; écrire sous double enveloppe, M^me Suzanne Breuillard, 5, rue de Prony.*

Le soir, nous dînons chez les Breuil

lard ; je profite de ce que Roger a le dos tourné pour demander à Suzanne :

— Pas de lettres ? Germaine rentre chez sa mère ; elle doit s'arrêter une journée à Paris et m'avertir.

— Je n'ai rien reçu.

— Oh ! c'est désolant ! elle repartira sans que je l'aie vue.

— Si j'ai quelque chose demain matin, je te l'apporterai moi-même.

Ce matin, rien ; tantôt, rien ; Suzanne, qui est la prévenance même, n'aurait pas gardé la lettre ; elle se fût hâtée de me l'envoyer. Je lui ai adressé deux fois Mariette qui est revenue les mains vides.

Il me paiera ça !

S'il était malade il aurait trouvé moyen de m'en aviser.

Au fait, il est peut-être gravement malade. Comment me renseigner ?

J'ai peur d'apprendre qu'il est parti, que je ne le verrai plus.

# XI

### COMPLAINTE DU ROMÉO INACCESSIBLE

> Ariane, ma sœur, de quel amour blessée,
> Vous mourûtes aux bords où vous vous fûtes
> [laissée.
> RACINE, *Phèdre*.

Non, ma petite ; je n'ai pas de nouvelles. J'aime mieux tout t'avouer, je suis très inquiète ; au bout de dix jours d'attente, je me suis résolue à chercher du côté de l'hôtel Clifton. Je ne m'y suis pas rendue en personne, par exemple. J'ai placé mon fiacre en observation, au coin du boulevard, et j'ai embauché un commissionnaire aux fins de porter un billet très sec au sieur Ramon. « Il y a une réponse. »

Mon envoyé revient au bout d'un quart d'heure :

— Madame, ce monsieur a quitté l'hôtel, il y a environ une semaine.

— Il est parti ?

— On ne croit pas ; il a laissé ses bagages.

— Est-on inquiet de lui ?

— Il paraît qu'il a comme ça l'habitude de s'absenter trois, quatre, cinq jours sans prévenir... Il voyage.

Ramon n'est pas à Paris ; il est parti le jour même où nous nous sommes vus, sur la terrasse des Tuileries...

... Et sans rien me dire ! Je me creuse la tête pour trouver la raison de cette dérobade : il ne m'aime plus ?

Ma petite amie chérie, je suis malheureuse : c'était donc ça, le roman de l'amour ! Je ne vis plus ; si j'osais, je pleurerais tout haut... Pourquoi est-il parti ? Parce que je ne lui cédais pas assez vite ? Ou bien ne voulait-il que s'amuser de moi ?

Il est parti sans un mot ; le commerce avant tout ; des *business* le réclamaient à Londres, ou à Munich ; il s'est hâté. Un rendez-vous d'amour, on le remet. Les femmes ne sont-elles pas toujours disposées, à l'accueil de l'Amant prodigue ?

... D'ailleurs rien n'est plus vrai ; toute mortifiée que je suis, je me retiens de lui écrire que je l'attends et que je lui appartiens ce soir, s'il le veut. Roger s'en va régulièrement à neuf heures ; aussitôt après son départ, c'est une débandade générale ; les serviteurs de différents sexes se sauvent à qui mieux mieux, et je ferme les yeux. Que de belle liberté perdue, puisque je reste seule, devant ma petite table, à rêvasser et à ruminer du chagrin !

Je n'aurais jamais pensé que je dusse autant intéresser la partie ; j'éprouve de la peine, de la *vraie peine ;* ce n'est plus seulement cette espèce de malaise que tu nommes la « chair inquiète ». Il s'y mêle de la désillusion, de la rage d'être dédaignée, et le sentiment de ma déchéance ; je tiens à ce rasta, à ce demi-nègre ; je lui écris des lettres de reproches tendres où je mets le meilleur de mon cœur ; je me garde de les lui envoyer, il ne les comprendrait pas si, à son retour, il avait même l'idée de les lire.

A son retour, il m'écrira : « Soyez à telle heure à tel endroit ! » et j'y serai et je serai ravie. Tu avais raison, il faut se réserver pour celui qui viendra, celui qui est digne de tenter avec vous l'Aventure ; mais je n'étais plus en possession de moi-même : aucun raisonnement ne prévaut contre un baiser, si c'est le baiser espéré. Glaris disait: « Ça

qui me répugne dans l'amour, c'est que la
bestialité y domine ; et tous nos efforts ne
tendent qu'à la justifier à l'aide de subti-
lités psychologiques. » La duchesse de Sion,
qui était faible avec un de ses laquais (il
n'y a pas de grande dame pour son valet de
chambre), devait s'excuser en invoquant la
psycholalie dont regorgent plusieurs livres.

J'aurais de la sympathie pour ma douleur si elle en valait la peine ; même cela
m'est interdit ; je me suis compromise dans
une histoire banale où j'ai joué par surcroît
le rôle le plus médiocre ; ainsi en prend
à maint et mainte...

Toi, tu es heureuse ; tu es liée à
l'ami de ton choix, rien ne vous sé-
parera plus. J'ai encore la lettre où tu
me disais que ta vie sentimentale était
close ; que tu n'avais plus qu'à entre-
tenir le bonheur acquis ; tu me racon-
tais tes journées à Ecouen, en compagnie de Gérard, vos joies, vos projets ; c'est
cela qui m'affolait ; j'ai tâché de me créer
l'illusion de votre idylle ; je n'ai abouti qu'à
la caricature.

Tout ça, c'est de la Rêverie-pour-violon-
celle ; mais, sapristi ! je plains mon prochain
amant.

## XII

ENTR'ACTE

Deux mesures pour rien !

CHARLES LAMOUREUX.

Comme ta lettre m'a étonnée ! Comment,
toi aussi, ma pauvre petite, tu démontes tes
panoramas ? — Sincère avant tout, je dois
te dire que ta déception m'a un peu conso-
lée ; le malheur d'autrui est excellent pour
nous remettre du nôtre ; excuse cette sinistre
franchise, j'ai l'égoïsme des convalescents.

J'avais appris ton départ d'Ecouen ; rien
de précis. Et puis il a couru sur toi des
bruits si absurdes, que j'avais prêté à ceux-
ci une attention peu complaisante. J'étais en
visite chez Valentine, quand la mère Cosquin est arrivée, reluisante de joie ; elle
prend le temps de caler sa personne au fond
d'un fauteuil, et, après un regard de côté
vers moi, elle débute :

— Vous savez la nouvelle ? Notre petite Germaine Censy ne divorce plus !

Là-dessus, toutes ces
dames s'agitent, battent des
ailes, gloussent, ca-

quettent ; si tu avais vu ce pou-
laillier !...

— Non !

— Pas possible !

— Allons donc !

— C'est trop drôle !

— Est-ce bien vrai ?

La mère Cosquin jubile ; elle t'en a
beaucoup voulu d'avoir accaparé les conver-
sations de cet hiver ; quoique t'ayant dans le
nez, elle ne peut pas te sentir (bizarre ano-
malie). Elle reprend :

— Elle s'était installée chez les Sœurs
de Mag'lala.

— Oui, pauvre petite ! s'écrie Valentine.

— Tout le monde l'approuvait : c'était
si courageux de s'imposer une retraite pénible, loin de Paris ! Elle cachait son jeu.
Tous les jours, M. Gérard Levail prenait le
train pour Ecouen...

— Bah !

— Je m'en doutais !

— Oui, continue la Cosquin, et M<sup>me</sup> Censy allait le prendre à la gare, on ne voyait qu'elle sur le quai ; ensuite, ils se promenaient en tonneau.

— Comme Diogène ?

— Mais non, ma bonne ! *Tonneau*, petite voiture. Ils dînaient ensemble, elle reconduisait M. Levail à la gare. La règle des Sœurs de Magdala est très élastique, on a la liberté quasi complète ; pourvu qu'elles rentrent le soir, les pensionnaires peuvent courailler toute la sainte journée (elle a dit : *courailler*). Comme c'est respectable ! Enfin ! Où en étais-je ? Ah ! oui : ils jouaient aux petits amoureux, c'était frais et joli.

— Comme son titre, au *Printemps !* interrompit Valentine.

— Mais ça n'a pas duré ; toujours la même affaire : amour contrarié, amour caché, amours solides : amours faciles, amours perdues. M. Levail, qui prenait régulièrement le train des amants, s'est peu à peu lassé ; il s'est avisé de réclamer son jour de congé par semaine ; puis il n'est plus venu que tous les deux jours ; le pays ne lui offrait plus rien d'inédit, il le connaissait...

— ... dans l'Ecouen ?

— C'est le cas de le dire ! M<sup>me</sup> Censy s'est fâchée ; chaque fois les explications étaient plus embarrassées ; on échangeait des mots aigres-doux, puis simplement aigres. Le beau Gérard a boudé une semaine ; lorsqu'il s'est décidé, il n'a plus trouvé Germaine à la gare. Querelle ; autre semaine de bouderie, au bout de laquelle Gérard écrit à Germaine que décidément leurs caractères ne sont pas faits pour une vie commune, qu'il préfère rendre à M<sup>me</sup> Censy sa liberté.

— Qu'est-ce qu'elle en fera ?

— Justement ; elle lui a répondu : « Ma liberté ? Qu'est-ce que j'en ferai ? J'ai tout lâché pour vous. »

— Ils ne se tutoient pas ?

— On ne se tutoie pas dans les lettres de reproches. M<sup>me</sup> Censy reçoit une lettre datée de Kreuznach, une épître charmante qui disait : « Je m'arrache le cœur ; il le faut ! J'aurai du courage pour deux ! » Ce qui signifiait : « J'en ai assez, sauve qui peut ! » Pendant que la Cosquin débitait son fiel,

j'étais abasourdie. Tu ne m'avais pas mise au courant ; cette vieille musaraigne paraissait très documentée ; le poulailler se préparait à tomber sur toi avec un ensemble touchant. Déjà Valentine soupirait :

— Pauvre petite M<sup>me</sup> Censy !

— Vous la plaignez ?

— Elle a ce qu'elle mérite !

— Il y a une justice au ciel !

— Merci ! où serait l'avantage de rester correcte, s'il n'était pas de sanction pour les frasques ?

Et allez donc ! Et allez donc ! On approuvait Gérard, naturellement. Bonnes chères petites madames !

La mère Cosquin soigne ses effets ; elle avait gardé le meilleur pour la fin :

— Germaine a passé trois jours entre la vie et la mort. (C'est faux, hein ?) Sa mère l'a emmenée en Vendée ; là, elle s'est rétablie ; une après-midi on lui annonce qu'un monsieur désire lui parler ; c'était Censy !...

— Ah ! mon Dieu ! un homme si violent !

— Il a été parfait ; il s'est avancé vers sa femme, la main tendue ; il lui a dit : « J'ai quelque chose à vous proposer ; j'estime que c'est plus avantageux pour vous que pour moi, aussi je vous engage à réfléchir avant de le repousser : voulez-vous reprendre la vie commune ? »

— Oh ! voilà un mari ! Qu'est-ce qu'elle lui a répondu ?

— Ce qu'il y avait à répondre : « Je vous ai donné mille raisons de me détester ; quel intérêt avez-vous à me proposer une pareille résolution ? »

Censy ne s'est pas fâché ; il paraît que son humeur s'est beaucoup modifiée ; il a riposté : « Je ne vous déteste plus ; je viens à vous sans colère parce que je n'ai désormais que de l'indulgence pour les autres comme pour moi-même. Je reconnais combien je fus ridicule en prenant au tragique une disgrâce que l'on s'accorde à juger comique. »

— Mais, c'est Dumas petit-fils, cet homme-là !

— Non ; il a bien spécifié : « Je ne vous pardonne pas, je n'ai pas à vous pardonner ; je vous invite à recommencer l'expérience de la vie à deux sur de nouveaux, — et j'insiste, — sur de moindres frais. Je n'exige rien de

— Savez-vous la nouvelle? Notre petite Germaine Censy ne divorce plus.

vous que de la cordialité ; je vous marquerai en revanche beaucoup d'égards ; ainsi nous serons comme deux passagers de la même cabine qui s'arrangent de leur mieux pour ne pas se gâter mutuellement la traversée.

Durant ces trois mois où nous avons été séparés, je me suis amélioré sensiblement ; si mes informations sont justes, vous avez dû, dans le même temps, acquérir une philosophie plus pratique... En somme, une conception trop romanesque du mariage, nous a conduits tous les deux à des actes d'une inexcusable violence. »

— Censy ! Le gros Censy qui formule, maintenant ? Il n'y a plus de grands enfants, ma parole !

— Il a terminé : « Résumons ; ainsi que vous en aviez exprimé le désir, j'ai retiré ma demande en divorce. Toutefois, si l'accommodement que je vous présente ne vous convenait pas et si vous préfériez recouvrer votre liberté, j'introduirais une nouvelle demande fondée sur les motifs que vous m'indiqueriez. Donc je vous laisse une nuit de réflexion ; prenez conseil de votre mère qui avait jadis du bon sens. Demain matin, vous me communiquerez votre décision. »

Il est allé dîner et coucher à l'hôtel ; le lendemain Germaine repartait avec lui ; en ce moment, ils sont sur la route de Constantinople ; on ne parle plus de divorce : ce sera un ménage modèle.

— Dernier modèle.

— Mais voici le plus curieux : la mère de Mme Censy est furieuse ; elle raffolait de M. Levail, elle espérait que sa fille l'épouserait, et qu'elle aurait le gendre rêvé : le replâtrage la désole ; elle maudit sa fille, Censy, Gérard, les Sœurs de Magdala et Françoise la

ILS SE PROMENAIENT EN TONNEAU.

Bas-Bleu qui a converti Censy à l'indulgence.

Je t'ai rapporté par le menu la chronique de la mère Cosquin ; elle est si menteuse que je n'en ai pas cru la moitié, encore qu'elle affirmât tenir tous ces détails de ta mère. J'aurais gardé ça pour moi, si ta lettre ne m'avait confirmé la version ci-dessus.

Pour toi aussi, l'essai a raté ; ma petite amie, nous n'avons pas de chance ; au moins as-tu de beaux regrets ; moi je n'ai que de l'écœurement.

Ma santé sentimentale est bien meilleure ; encore un peu, et j'aurai oublié ; dire qu'il y a quinze jours à peine, je guettais à la fenêtre l'amoureux en toc que je m'étais choisi ! O le dernier monologue de *Ruy Blas :* « C'est fini, rêve éteint, ma chandelle est morte, je n'ai plus de feu ! »

Dépêche-toi de rentrer à Paris ; nous causerons de tout cela, assises par terre, comme quand nous étions jeunes filles et que nous échangions nos peines d'amour perdues. Je t'embrasse.

## XIII

LES CURIEUX

Le silence éternel de ces espaces infinis
[m'effraie.

PASCAL (1).

Je ne t'ai pas donné signe de vie, ma chérie, parce que j'étais au lit, malade, à la suite d'une secousse terrible dont je suis encore mal remise. Dans mes imaginations les plus folles, je n'ai rien rêvé de comparable au réel cauchemar où je me débats depuis huit jours. Il faut que j'aie la tête plus solide qu'on ne le croyait généralement pour avoir résisté aux épreuves qui m'ont assaillie...

L'*Inconnue*, la fameuse inconnue dont les journaux ont vainement cherché la piste, la Femme-du-Monde introuvable... eh bien ! c'est moi !

1) Cette pensée de Pascal mise en épigraphe n'a aucun rapport avec le sujet de ce chapitre ; mais elle me plaît, et cela suffit. Je crois, néanmoins de mon devoir d'avertir le lecteur.
(N. D. l'A.)

Le jour même où je t'écrivais, comme je sortais afin de jeter ma lettre à la poste, je croisai le facteur. Le cœur me bat toujours quand je rencontre cet homme qui a de l'imprévu plein les mains. Il me remit une enveloppe jaune, portant en grosses lettres imprimées :

TRÈS URGENT

Et en plus petites lettres :

TRIBUNAL PREMIÈRE INSTANCE DE LA SEINE
CABINET DU JUGE D'INSTRUCTION

C'était adressé à :

*Madame la comtesse de Luz de Chantorey,*
*rue Brémontier.*

En haut : *Personnelle.*
A l'intérieur, un papier imprimé dont les blancs étaient remplis.

M. *Bastardy*, juge d'instruction, invite Mme de *Chantorey* à se rendre en son cabinet n° *10*, au Palais de Justice, le *19 juillet 1897*, à *1* heure *et demie* de *l'après-midi*, pour *affaire la concernant*.

En marge : NOTA. RAPPORTER LA PRÉSENTE LETTRE.

Je savais de quoi il s'agissait ; il y a trois mois, j'ai fait arrêter sur ma plainte Isabelle (tu te rappelles, la grande Isabelle, une brune qui est restée à mon service près d'un an et qui s'est enfuie avec la broche que Louis-Philippe offrit à ma grand'mère des Valleures). J'allais montrer la lettre à Roger ; mais je me ravisai ; tout ce qui est police, justice, le bouleverse depuis qu'il conspire ; il voulait même me faire retirer ma plainte, sous prétexte que la femme d'un député de la droite ne doit pas être mêlée à un procès correctionnel, etc., etc. Je ne pense plus à la convocation ; elle me revient en mémoire le lendemain après déjeuner ; un moment j'ai eu l'envie de ne pas m'y rendre ; mais nous avons trop de respect de ce qui touche au tribunal, et aussi trop de peur superstitieuse, j'avais entendu parler du « pouvoir discrétionnaire » que s'attribue le juge. Glaris prétend que le magistrat instructeur est d'invention espagnole et descend de Torquemada. Bien m'en a pris de faire toilette simple, chapeau modeste et voilette opaque, et de me rendre incognito chez l'inquisiteur.

Devant la grande grille dorée du Palais, j'interroge le bicorne d'un gardien :

— Le cabinet de M. Bastardy ?

— ... scalier à gauche, sous la voûte ; un étage, puis deux étages.

Je monte des marches de pierre, je questionne un autre bicorne qui m'indique un petit colimaçon obscur ; je monte des marches en bois ; puis, c'est une porte vitrée donnant sur un long, triste, large, bas corridor. orné d'une banquette de chêne ; deux huissiers mélancoliques dans deux chaires ; deux poêles ronds sans tuyaux ; une sorte de bonneteur veillait sur le sommeil du municipal chargé de le garder ; un jeune homme à tournure de calicot s'entretenait avec un huissier et prenait des notes sur un calepin ; deux autres calicots, plus loin. comparaient leurs carnets ; je demeurai plantée à la porte ; l'autre huissier descendit de son bureau et vint à moi :

— Vous demandez ?

— M. Bastardy.

— Donnez votre feuille.

Il me la prit et disparut par le couloir attenant à la salle d'attente et prenant jour sur elle par une cloison de vitres cannelées ; un couloir d'hôtel, garni de portes numérotées. L'huissier reparut, plus poli :

— M. le juge d'instruction prie madame de l'attendre un instant ici.

Il me conduisit dans le couloir où je restai seule ; derrière la cloison, j'entendais les jeunes gens à carnet interviewant l'huissier :

— Qui est-ce ?

— Sais pas.

— Son nom est sur la feuille.

— J'ai pas regardé ; le juge ne me l'a pas rendue.

— Jolie ?

— Crois que oui... voilette baissée.

— Pour quelle affaire ?

— Ça n'est pas marqué.

— Tiens ! c'est rare ! Qu'est-ce qu'elle fiche ici ?

— Demandez-le-lui.

— Est-ce pour l'infanticide de Levallois ?

— L'instruction est bouclée d'hier.

—Alors... pour le Marquis ? Nom d'un

— Donc je vous laisse une nuit de réflexion.

chien, pas de veine ! c'était un chic tuyau.

— Faut pas la laisser échapper, reprend une autre voix ; je parie que c'est pour le Marquis ; ne ratons pas le coup ; je la forcerai à causer, moi..

En effet, un des jeunes gens se glisse dans mon couloir, s'assied près de moi :

— Vous attendez depuis longtemps, madame ?

Silence.

— Les juges d'instruction n'en font pas d'autres.

tionnelle ; c'est moi qui ai eu le premier la nouvelle... Je suis M. Jeanvert, de l'*Intègre quotidien.*

Cet avant-goût du juge d'instruction ne me plut pas ; M. Jeanvert se rapprocha :

— Vous ne répondez pas, madame. Seriez-vous muette ? ou bien ne comprenez-vous pas le français ?... Vous vous ennuyez, là, toute seule ; je vous tiens compagnie, causons... Vous ne voulez pas ? vous avez tort ;

— JAMAIS DE LA VIE ! C'EST UNE FEMME DU MONDE.

Silence.

— Pourtant M. Bastardy a la réputation d'être plus galant que ses collègues.

Lechanvre est plus rosse que lui, Vindeix aussi.

Je persiste à ne pas bouger, rencoignée le plus que je peux dans l'ombre.

— Si j'étais juge, je ne ferais pas poser un aussi joli témoin !

Le compliment ne porte pas.

— Vous êtes citée sans doute dans l'affaire du Marquis ? Une belle affaire, sensa-

je pourrais vous être de bon conseil à l'occasion.

Je me tais obstinément ; entre un second reporter qui entame à haute voix avec le sieur Jeanvert une conversation qui ricochait sur moi.

— Laisse madame tranquille ; elle ne veut pas répondre, elle a ses raisons.

— Elle désire garder l'incognito.

— Elle ne le gardera pas longtemps; nous saurons tout à l'heure qui elle est, puisque nous savons tout.

— Elle a tort de ne pas répondre de bonne grâce.

— D'autant plus que nous n'aurions pas abusé...

— Madame, mille excuses

Ils se lèvent et vont se concerter à quelques pas de moi ; ils chuchotaient des phra-

— Mais... mais... mais ! Ce serait « la Femme du Monde ? » Oh ! je ne la lâche plus !...

Encore un peu, et ces messieurs se jetaient sur moi pour m'arracher ma voilette ; la porte du n° 10 s'ouvrit ; un employé grassouillet passa la tête :

— Madame, veuillez entrer.

Je ne me fis pas prier.

Le cabinet du juge d'instruction Bas-

ses dont j'attrapais des bribes...

— C'est une peau.

— Mais non, trop de chic.

— Mais si, je te dis, une peau de luxe. C'est Diane de Vaucresson qui est témoin dans l'affaire.

— Diane est plus petite ; satanée voilette ! Si je pouvais entrevoir...

— Pas d'erreur, c'est une peau.

— Jamais de la vie ! c'est une femme du monde !

Cette discussion m'amusait. L'autre reprit :

tardy ne ressemble en rien à ceux que j'ai vus dans les mélodrames de l'Ambigu ; une petite pièce lugubre éclairée d'en haut par une lucarne carrée ; au-dessous de la lucarne, un grand bureau à deux places séparées par un casier à notes. A une des places, un monsieur en redingote qui se leva quand j'entrai : M. le juge d'instruction Bastardy. L'employé grassouillet reprit sa place de l'autre côté, et plongea dans des paperasses.

M. le juge Bastardy sortit un instant de

la pénombre professionnelle et m'avança une chaise de crin ; c'est un homme jeune, brun, qui a les cheveux en brosse, une moustache châtain clair et un menton volontaire ; il soigne visiblement un profil de médaille qui s'empâte : en outre il fait tout ce qu'il peut pour donner à ses bons yeux gris une expression inquisitoriale. Avec moi, il fut délicieux, et ses efforts pour paraître bien élevé malgré ses fonctions m'eussent divertie si ma situation me l'avait permis. Enervée par les préalables persécutions des journalistes, j'arrivais en mauvais état.

— Madame, je vous prie de m'excuser si je suis obligé de vous poser certaines questions indiscrètes ; en premier lieu, voulez-vous avoir la bonté de me dire vos noms et prénoms ?

— Yvonne de Luz de Chantorey. Je demeure rue Brémontier, 37.

— Bien ; je vous demanderai le serment habituel... vous jurez de dire la vérité ?

— Je le jure !

Ce mélange de courtoisie et de solennité acheva de m'effrayer. M. Bastardy, adoucissant sa voix, me jeta cette stupéfiante question :

— Vous avez été en relations avec un sieur

A partir de ce moment, je perdis mon assurance (et cela me sauva) ; je ne fus qu'une pauvre petite femme écroulée, terrifiée, qui ne savait plus où elle était et qui se trouvait mal et qui appelait au secours. D'abord, je regardai M. Bastardy ; il suivait avec soin les progrès de mon ahurissement.

— Vous connaissez cette personne ?

— Oui.

— Elle prétend que vous l'avez reçue rue Brémontier, il y a vingt jours, entre dix heures et minuit.

— Non, monsieur, c'est faux.

— Pourtant vos lettres, que voici, prouvent que vous étiez en correspondance avec M. Garcia de La Vega.

— Je lui écrivais, oui ; mais jamais il n'est venu chez moi.

— Rappelez bien vos souvenirs ; je vous avertis qu'il y va d'un grand intérêt pour la personne dont je vous ai montré

Cloquin (Jules) ?

— Non, monsieur ; j'ignore le sieur Cloquin, Jules.

— Cependant, cette personne prétend vous connaître... et très intimement.

Et il me mit sous les yeux une photographie : c'était Ramon.

Dans la débandade de mes idées, j'en retenais encore quelques-unes ; je soupçonnais qu'une chose affreuse était suspendue au-dessus de ma tête, qu'elle allait tomber, et je tendais le dos. Je répétai : « Je vous assure qu'*il* n'est pas venu chez moi. »

— Je ne mets point en doute votre bonne foi, madame ; vous avez été victime d'un remarquable escroc ; Ramon Garcia de La Vega s'appelle Jules Cloquin dit le Marquis, dit le Beau Brun de Clignancourt, dit Gigolo, dit Jus de Chique, dit Chocho, dit le Rupin. J'en oublie. Il est le chef d'une bande de cambrioleurs, en compagnie de laquelle il a dévalisé cette saison six hôtels particuliers. En dernier lieu, le 29 juin, la bande a pillé l'hôtel du consul de Terras Calientes. Cloquin nie sa participation à ce vol; il prétend que, ce soir-là, il était en compagnie d'une dame dont il a refusé de livrer le nom; à force de recherches, nous avons successivement retrouvé les divers domiciles loués par Cloquin sous des noms différents : comte d'Andraye, baron Schwart, colonel Vinditti, enfin, « Garcia de La Vega ». Là nous avons saisi, avec une comptabilité en règle, une correspondance classée par mois; plus quelques lettres de vous non décachetées. Je me suis permis de les ouvrir; alors Cloquin n'a plus fait difficulté d'avouer...

Ah! ma chérie! Je n'écoutais plus. Je m'abandonnais à la crise de nerfs avec joie; autant de gagné. D'ailleurs les circonstances me commandaient cette attitude; le juge et le greffier ne savaient plus où donner de la tête; ils me soignaient de leur mieux et n'osaient appeler, de peur de mettre des étrangers dans la confidence. Bastardy me tamponnait le front avec un mouchoir imbibé du vinaigre des prévenus; le greffier me tapait dans les mains en murmurant d'un ton navré : « Pauvre petite femme! Pauvre petite femme! » Le juge, me croyant sans connaissance, disait au greffier :

— Une comtesse qui se trouve mal dans mon bureau! Ce n'est pas banal, au moins! Il n'y a qu'à moi que cela arrive!

— Elle était dans un joli état la comtesse.

Je m'étais remise, et je disais à mi-voix : « Perdue!... perdue! » en fixant, sans autre pensée, la borne-pendule sur la cheminée. Je m'essuyai les yeux.

Bastardy, lui, était presque aussi ému que moi; il me prit les mains : « Voyons, voyons! ne vous effrayez pas; vous n'êtes pas perdue, chère madame; nous arrangerons ça.

— Que va dire mon mari? (Stupide, cette question.)

— Votre mari ne saura rien. Je suis au désespoir de vous avoir ainsi bouleversée; notre métier... c'est-à-dire nos fonctions ont des exigences...

« Là, vous êtes à peu près bien, maintenant. Désirez-vous que nous poursuivions, ou préférez-vous revenir demain?

— Finissons-en tout de suite.

Il se préparait à me poser de nouvelles questions; évidemment il supposait que j'étais du dernier bien avec le sieur Cloquin, et, pour n'être point brutal ou mal poli, il m'interrogeait d'une façon si embrouillée que je ne saisissais point le sens de ses phrases; le greffier en pouffait dans le panier à papier. Alors j'ai pris mon restant de courage :

— Ecoutez, monsieur, il est préférable que je vous raconte mes relations avec M. de La Vega ou du moins celui qui était pour moi M. Garcia de La Vega, Brésilien; vous en retiendrez ce qui pourra vous servir. Je l'ai rencontré au Louvre où il m'adressa la parole; puis il se mit à me suivre et, pour me débarrasser de lui, je lui parlai; un autre jour, je le retrouvai par hasard au

Cercle des Vannés. Il s'établit ainsi entre nous une sorte de camaraderie ; le jeu m'amusait, j'eus la faiblesse de le prolonger ; c'est la seule faiblesse que l'on soit en droit de me reprocher ; je suis allée avec M. de La Vega d'abord à Saint-Cloud, puis au bois de Boulogne.

(J'en étais au point difficile de ma déposition ; le terrain glissait.)

— Au bois de Boulogne, il me supplia...

— De lui permettre de visiter votre hôtel, le soir ?

— C'est cela ; je consentis à le recevoir, en l'absence de M. de Chantorey. Je l'attendis vainement ; vous en avez la preuve dans les lettres saisies à l'hôtel Clifton.

— Nous avions arrêté Cloquin dans la journée, au moment où il sortait du restaurant. L'alibi qu'il invoque était, je le savais d'avance, faux ; cependant je devais m'en assurer. Mais vous-même, vous ignorez à quel danger vous étiez exposée ; et puisque vous avez eu l'obligeance d'éclairer complètement la justice, je compléterai les renseignements que je vous ai donnés. Avant-hier, au cours de la perquisition effectuée à l'hôtel Clifton, nous avons trouvé, dans une liasse de papiers où Cloquin avait rangé vos premières lettres, le plan minutieux d'un appartement que nous supposons être le vôtre. Vous habitez au premier étage sur la rue, dans l'hôtel sis au n° 37 ?

— Oui.

— La chambre que vous occupez, au-dessus du salon, est isolée ?

— C'est vrai ; l'étage supérieur est vide, depuis le départ de mon frère.

— Sur le palier du premier étage, on trouve à gauche la chambre de votre... de M. de Chantorey ; on tourne à droite, on arrive à votre chambre après avoir passé par un couloir. Bien ; il y a dans la chambre, outre les menus meubles, un secrétaire, une commode Empire, un chiffonnier, une table.

— Oui.

— Dans le secrétaire sont vos bijoux et divers objets de prix ; dans la commode, un nécessaire de bureau en or ; dans le chiffonnier, avec une trousse enrichie de pierreries, les fonds d'une œuvre de bienfaisance dont vous êtes la trésorière ?

— Tout cela est parfaitement exact.

— Voyez, c'est marqué sur le plan ; Cloquin a un grand sens de l'ordre ; nous avons une dizaine de plans détaillés, pareils à celui-ci, avec des indications sur le personnel des maisons, les habitudes, les heures où l'on est sorti et même sur le caractère des habitants. Tout porte à croire que si nous n'avions pas arrêté à temps le faux Garcia de La Vega, vous auriez été dévalisée. — Il subsiste encore un doute : vous assurez qu'il n'est jamais venu rue Brémontier ?

— J'ai juré de dire la vérité, monsieur.

— Alors, comment Cloquin a-t-il pu lever le plan de votre hôtel ?

— Mais c'est moi-même qui lui ai donné, sans m'en apercevoir, toutes ces indications !

Et je me rappelai Ramon soupirant, à Saint-Cloud, tandis que je bavardais à tort et à travers : « Parlez-moi ! Dites-moi quelle est votre vie, afin que je vive encore près de vous quand je vous quitte ! » C'est moi qui lui ai dessiné du bout de mon couteau sur la nappe le plan de ma chambre : « Là, c'est la cheminée, avec un amour de petite pendule, un vrai bijou de musée ! » Le misérable ! Il avait noté la pendule !

— Il y a encore une note qui reste inexpliquée ; au bas du plan, je lis : « Quelque chose à faire rue Jasmin, 32. » Qu'est-ce que cela signifie ?

— Je suppose qu'il y a erreur, là ; je ne connais personne rue Jasmin.

Le juge d'instruction était plus qu'aimable, presque familier ; je m'enhardis :

— Si je considère ma situation, elle m'apparaît désespérée.

— Oh ! nullement, chère madame !

— Mais si ; je n'oserai pas affronter la colère de mon mari lorsqu'on lui aura révélé cette déplorable aventure. Après un tel scandale, je n'ai pas le choix des déterminations...

— Vous vous exagérez beaucoup les conséquences...

— Un scandale mondain est une trop bonne aubaine pour les journaux ; ils ne laisseront pas échapper celui-là ; il suffira d'une indiscrétion d'avocat, d'une confidence d'huissier, et je serai perdue ; j'ai un

moyen d'imposer silence aux gens et de me
soustraire à leur méchanceté.

— Vous ne ferez pas ça ! c'est stupide.

Bastardy avait deviné ; et vraiment, je
n'aurais pas hésité, car c'était si simple !
J'envisage le suicide sans aucune terreur
dès qu'il ne se complique ni de douleur ni de
dégoût ; le laudanum est un remède très
doux aux contrariétés par trop vives ; il
suffit d'en verser un peu plus que pour une
rage de dents ; je me voyais très bien,
rentrée chez moi, prenant le petit

blance, je suis coupable surtout d'étourde-
rie ; je dois à mes parents et à mes amis
de leur éviter les chagrins et la honte qu'ils
ne manqueront pas d'avoir à mon sujet et
par ma faute. Je suis sacrifiée d'avance ; l

flacon et dosant dans un verre d'eau le nombre de gouttes nécessaires à la guérison de
mon inquiétude. J'ai si peu de raison d'être,
en somme ! Et quelle meilleure occasion de
se retirer après infortune faite !

Bastardy me gronda gentiment. — J'aurais pensé qu'une femme telle que vous, au
lieu d'avoir recours tout de suite aux
moyens violents, eût examiné d'abord s'il ne
s'en offrait pas de plus discrets.

— Je me trouve compromise dans une
affaire fâcheuse où, contre toute vraisem-

loi vous ordonne d'être im-
pitoyable.

— Oh ! dit-il, j'ai le droit
d'user d'indulgence. L'important, c'est que
M. de Chantorey ne sache rien ; pour qu'il
ne sache rien, il faut...

— Supprimer ma déposition ! fis-je vivement.

— Hélas ! ce n'est pas possible. Mais on
peut tourner la difficulté ; attendez !

Il se pencha par-dessus la frontière, du
côté de son greffier, et lui souffla quelques
mots à voix basse ; le greffier acquiesça. Bastardy se retourna vers moi.

— Donc, en ce qui me concerne, n'ayez

aucune crainte, je garderai votre incognito.

— D'autres n'auront pas la même réserve.

— Ça dépend! Il est clair que Cloquin
aura communiqué votre nom à son défenseur. Monsieur Gustave, qui défend Cloquin?

— Il a désigné Mᵉ Florival.

— Bravo! Excellent! Florival est un
habile homme qui saura se taire dans l'in-

arracher votre nom; encore a-t-il fallu que
nous eussions les lettres en mains. Il renon-
cera vite à l'alibi, dès qu'il en constatera
l'inutilité. J'aurai soin de piquer son amour-
propre, le seul endroit par où il soit acces-
sible. Il abandonnera son plan de défense;
votre déposition devient autant dire super-
flue.

— Ne mettrez-vous pas le comble à
votre amabilité, en supprimant cette trace
de...

— AUTEUIL, BON POURBOIRE!

térêt même de son client; nous aurions pu
tomber sur un poseur, enchanté de se tailler
un succès de mauvais aloi; Florival me rassure. Le pis qu'il puisse arriver, c'est qu'il
réclame en échange de son silence certaines
concessions; enfin, on verra. je causerai avec
Florival.

— Mais... l'*Autre?*

— Toute la question est là. Certainement il peut provoquer un incident d'au-
dience; les magistrats, pressentis par moi,
effleureront cette partie de l'enquête; j'en
parlerai au ministère public. Cloquin, selon
moi, ne tentera rien contre vous; je l'ai observé, c'est un caractère curieux; il ne manque point de chevalerie à sa manière. Nous
avons eu toutes les peines du monde à lui

— Impossible, chère madame, impossible! Il faut prévoir le cas où le prévenu se
raviserait. Mais rassurez-vous, je réponds
de son silence. Le greffier va relire votre déposition; nous laissons le nom en blanc, avec
cette mention: *Sera communiqué s'il en est
besoin.* Personne n'osera le réclamer; de la
sorte, nous satisfaisons tout le monde.

Le greffier bredouilla le résumé de mon
interrogatoire; il l'avait rédigé dans les termes les plus obscurs; cher homme! J'avais
conquis le greffier par-dessus le marché!

Je respirais plus librement: le juge
d'instruction ranima mes terreurs en me
tendant un porte-plume.

— Maintenant, chère madame, signez.

— Si je signe, je dévoile mon identité;

Roger me veillait et ne m'a pas abandonnée une seconde.

autant mettre mon nom en toutes lettres au début.

— Oh ! une signature se déchiffre assez malaisément !

Tu penses qu'il n'eut pas à me le répéter deux fois ; je traçai au bas de la feuille une série de jambages informes, soulignés d'un paraphe-rature ; — j'osai demander :

— Et la Presse ?

— Aucun journaliste ne sera mis au courant.

— Ils sont si rusés !

— Je les défie de m'arracher la vérité : aussi bien ils n'y tiennent pas !

— Par exemple !

— Mais oui ; ils désirent prolonger le mystère, exciter la curiosité ; ils échafauderont des hypothèses, discuteront des probabilités ; sans prononcer aucun nom, on attirera l'attention sur une quantité de dames. Et ce seront des démentis, des entrefilets, des chroniques, des réponses ; ils auront tiré de cette énigme plus de copie que ne leur en eût fourni la simple réalité. Souvenez-vous du Masque de Fer !

Je me confondis en remerciements ; M. Bastardy me reconduisit à la porte de son cabinet. Ouf ! sauvée !...

Pas encore ; d'autres juges d'instruction étaient à l'affût, d'autres *curieux*, comme on dit dans l'argot spécial : les reporters. Je ne pensais plus à eux, quand je me heurtai à un museau en arrêt à la porte du couloir ; ma voilette se baissa d'elle-même et je pris le *pas glissé* (un pas à moi, que je prends dans la rue quand je suis suivie par des têtes déplaisantes ; j'essoufflerais un régiment). Au haut de l'escalier, dans la pénombre, un de ces messieurs tente de me bloquer :

— Madame, un mot, je vous prie !

Brusque crochet ; je saute les marches deux à deux ; un autre journaleux plus leste m'entreprend au palier inférieur :

— Madame, je vous supplie de m'accorder deux minutes ; j'ai...

Ouiche ! je suis dans la cour, j'ai passé la grille ; sur le boulevard, je me retourne ; ils sont deux à me filer, un grand et un petit bouffi : ils se disposent à me cerner ; je traverse, ils traversent. Place Saint-Michel, je me faufile à un endroit où l'on répare chaussée ; le petit bouffi s'attarde ; le maig se faufile derrière moi, parmi les cordes te dues ; je l'ai dans le cou, et je cours presque

Le temps pressait, il était quatre heure et demie ; je devais être rentrée avant Ro ger, et l'autre qui ne me lâchait pas d'u pouce, qui ne me lâcherait qu'à ma porte Les précautions devenaient inutiles, si j n'arrivais pas à le semer.

Au coin du boulevard Saint-Germain aux omnibus, la circulation s'engorge ; là, je gagne de l'avance sur le maigre et je perds le petit bouffi. Juste le temps de sauter en voiture : un sapin, malheureusement dé couvert, maraudait ; je m'y jette : « Auteuil bon pourboire ! » Le reporter court à mes trousses, sans s'arrêter hèle un autre fiacre et me rejoint. Un pavage en bois nous sépare, mais je suis obligée de stopper devant un fardier à six chevaux, et, de nouveau, je suis repincée ; j'explique au cocher :

— Un monsieur me persécute depuis une heure ; pour m'en débarrasser, je suis montée dans votre voiture, mais il en a pris une autre ; tâchez de le distancer.

— Ça se trouve bien, j'ai un cheval frais !

Un coup de fouet, et nous voilà lancés au grand galop en plein boulevard Saint-Germain, sautant sur les pavés, dérapant et tanguant sur les rails du tramway, semant la terreur le long de notre route ; nous avons escaladé trois trottoirs, serré une dizaine de bicyclettes, écrasé un tuyau d'arrosage, ser pent à roulettes qui nous barrait la voie ; je me cramponnais à la capote pour ne pas être jetée hors de la voiture ; les sergents de ville agitaient l'illusoire point d'exclamation d leur bâton blanc.

Et derrière nous l'autre voiture aussi bondissait au triple galop, ne perdant pas une ligne de terrain, profitant même d chemin libre que nous lui traçions. Quell poursuite ! La course à l'abîme !... Mon co cher, sans détourner la tête, m'interrogeait

— Gagnons-nous ?

— Non.

Et des jurons, et des coups de fouet ! I pont de la Concorde étant barré, nous le br lons... nous prenons par le quai de l'Alm

...tre à terre; le vent nous sifflait aux oreil-
...s. Le cocher perd son chapeau de paille :
— N'arrêtez pas, je le paie !

Le pont traversé, nous frôlons le train à vapeur de Versailles, et, hardi !

dans l'ave-
nue de l'Al-
ma ! Un cro-
chet par la rue
Pierre - Char -
ron, nous dé-
valons dans
une rue de tra
crochet par l'a verse, un autre venue Montaigne.

— Nous gagnons ?
— Un peu.
— Chouette papa !

Nous retraversons le chemin parcouru. En route pour le Trocadéro ! Ça monte ; si on nous arrête, nous sommes rejoints ; le cheval s'essouffle et je vois poindre de l'au-tre côté de l'avenue le cortège d'un enterre-ment qui s'avance perpendiculairement à notre route. Perdus ! Il va nous couper le chemin ; nous sommes pris !

Un dernier coup de fouet ; le cheval saute dans les brancards... nous passons... nous sommes passés ! Et derrière nous le corbillard referme la voie ; on ne passe plus ! Je suis sauvée.

Le cocher profite du répit, s'engage dans un dédale de petites rues, regagne Auteuil par des chemins inouïs ; on ne retrouvera pas ma trace, désormais.

Je lâche mon sapin, je prends le train et je rentre chez moi ; l'excitation de la pour-suite m'avait ranimée ; lorsque je fus dans ma chambre, la réaction me jeta bas ; ci :

une fièvre solide qui m'a tenue au lit quatre jours et trois nuits et dont je suis mal re-mise ; et tout le temps j'avais cette idée fixe: « Pourvu que je ne délire pas ! que je n'aille pas tout raconter, à mon insu ! » Roger me veillait et ne m'a pas abandonnée un ins-tant. Quand je me suis relevée, j'étais en-core très faible ; il s'est installé auprès de ma chaise longue et il m'a fait la lecture, — tu devines ce qu'il m'a lu : l'*Affaire Clo-quin*, parbleu ! Ce fait-divers le passionne, il dépouille tous les journaux et il m'im-pose le récit de choses... que je connais trop !

Les journaux s'intéressent beaucoup à ma modeste person-nalité ; désireux de rentrer dans ses frais de fiacre, le reporter de l'*Intègre* a rédigé la des-cription de sa course éche-velée à ma poursuite ; si-gnalement : ma toilette, ma personne, mon allure, le tout assez inexact, par bonheur ! Le pu-blic s'est pris de curiosité pour moi, je suis devenue l'*Inconnue de Cloquin*, la *Femme du monde introuvable*, la *Mystérieuse per-sonne*. Bastardy avait vu juste ; on a mis en avant un tas de noms propres, — ou à peu près propres, — on a cité quatre ou cinq dames tarées et tirées, celles que l'on a sur-nommées la « vieille garde-noble », puis on a fouillé dans l'armorial exotique, puis chez les Américaines emmarquisées ; on a inter-viewé Bastardy qui s'est montré très habile. Tout en feignant de lâcher quelques indis-crétions, il s'y est pris de manière à égarer les curieux ; on ne sait plus si je suis grande ou petite, jeune ou vieille, brune ou blonde.

Me Florival, l'avocat du prévenu, a été interviewé ; il a déclaré qu'il ignorait mon existence et qu'il fallait se garder de mêler des femmes à cette affaire ; Florival a son plan : je suis l'otage de son client auquel on tiendra compte de la discrétion de son défenseur.

Et moi ? — En ce moment, je me tâte, comme une qui vient de tomber du cin-quième étage et vérifie s'il n'y a rien de cassé. Je suis abasourdie ; j'ai oublié les pé-ripéties de ces derniers mois et je ne m'at tache qu'à cette seule pensée : « Va-t-il me dénoncer? » A l'idée du tintamarre subséquent, le vertige me prend et je ferme les yeux; j'ai l'hallucination suivante : la mère Cosquin déboulant chez Valentine et hurlant : « On tient le nom! C'est Yvonne! Je m'en doutais! » Et tout le poulailler en révolution! Et ma belle-sœur des Valleures qui lève les bras au ciel!

Et Roger! Dieu! quelle catastrophe! je n'y as-

sisterais certainem ent pas. Chaque jour de gagné me rend un peu de tranquillité; mais il suffit d'un mot pour tout détruire. — Avec ça, Roger est du comité de propagande électorale monarchiste, il s'y donne tout entier, il conspire, il en négligela

J'AI UNE MALHEUREUSE FIGURE VIEILLIE, ANXIEUSE.

rue Jasmin! Suppose que le gouvernement se venge et joue un vilain tour à son adversaire; le ministre s'est fait communiquer le dossier; Bastardy a dû lui donner mon nom, c'est probable. Et quand Roger m'annonce que le Comité a décidé de prendre l'offensive, je suis dans des transes atroces, et je me dis que je vais lire mon pauvre nom dans les feuilles du soir. Rien qu'aujourd'hui, il y avait sur moi deux chroniques, quatre fantaisies, une nouvelle à la main, des informations comme s'il en pleuvait, un article de Rochefort, un de Drumont, qui affirme que j'appartiens à une des plus grandes familles israélites ; les socialistes sont capables d'interpeller, d'exiger la lumière... Je suis folle.

L'agitation où je me débats a un avantage : elle m'empêche de réfléchir, je m'échappe à moi-même ; il serait bon de maintenir cet état-là ; Suzanne (qui ne sait rien) m'a proposé de partir en voyage avec elle ; j'ai accepté. Roger m'autorise à m'éloigner de Paris. Nous partirons dans une semaine. Durant cet exode, le silence se sera fait autour de l'*Affaire Cloquin* et j'aurai obtenu trois mois de répit ; d'après l'*Intègre*, le procès ne se jugera qu'à la rentrée. Indique-moi un moyen pour détacher mon mari du comité royaliste.

Ma chère petite amie, je me regarde dans la glace et je suis stupéfaite du changement qui s'est opéré en moi ; j'ai une malheureuse figure vieille, anxieuse. où s'écarquillent des yeux de folle ; ma pauvre figure que j'aimais tant ! J'ai maigri, il semble que je relève d'une longue maladie ; je me sens mal à l'aise dans la vie.

Et je suis de nouveau seule, toute seule. A chaque minute, au moindre pas trop brusque, je sursaute : « On vient me chercher, m'apprendre que tout est découvert ! »

Les regards des gens m'emplissent de trouble, et les nuits, surtout les nuits, s'écoulent interminables ; les heures tombent une à une dans le silence et je retourne le même problème : « Parlera-t-il ? »

Brûle soigneusement cette lettre ainsi que les précédentes ; je tiens à ne rien conserver de cette affreuse histoire. Mais j'ai des souvenirs qui m'attendent au détour, et qui ne me lâcheront point ; même si la conscience pardonne, la mémoire ne pardonne pas.

Un mot de toi me fera grand bien...

## XIV

OU FINIT L'AVENTURE

Ah ! maudite galère ! .
*Les Fourberies de Scapin.*

Je rentre à Paris ; j'ai traversé des villes, des musées, des églises, et des hôtels ; on m'a montré le même grand boulevard dans trois capitales différentes, et des wagons me secouèrent sans merci. Partout l'inquiétude m'a poursuivie : « Parlera-t-il ? »

Durant trois mois, l'obsession de ce cauchemar m'a gâté mes jours ; la nuit, des voix de juges m'éveillaient en sursaut : « Tournez-vous et dites à Messieurs les Jurés quelles ont été vos relations avec l'accusé. » Dans le Quercy où nous avons automné un mois, j'ai vu raviver mon supplice. Roger recevait les journaux ; j'ai pu suivre, dans ses détails, l'*Affaire du Marquis ;* ces deux semaines de débats ont été pour moi pleines de transes. Aujourd'hui, je suis délivrée, acquittée ; *il n'a pas parlé !*

La vie de cet homme est une chose extraordinaire ; il n'est pas Brésilien, mais Batignollais ; il n'avait jamais quitté Paris. Il commença par être acteur, puis commis d'agent de change. Condamné pour vol à cinq ans de prison, il s'est échappé ; il fonda une banque d'exploitation minière dont le principe était, paraît-il, ingénieux, faillite frauduleuse et condamnation sous un autre nom ; après sa libération, il forma une bande dont la spécialité était de dévaliser des hôtels en été. Cette bande comptait parmi ses adhérents des domestiques, valets de chambre, cuisiniers, et même des nourrices ! L'organisation en était parfaite, quasi-administrative, avec sous-chefs, inspecteurs, directeurs du personnel, caissières, comptables, contentieux, recrutement, correspondance ; en tout plus de quatre-vingts affiliés. On a saisi des archives tenues à jour : on étudiait une expédition des mois et des mois, on ne l'entreprenait qu'à coup sûr.

Le plus souvent, Cloquin se renseignait lui-même : il avait un procédé infaillible ; il guettait les femmes au Salon de Lecture d'un grand magasin et entrait en conversation avec elles de la manière suivante : il leur volait leur porte-monnaie et le leur restituait comme s'il venait de le ramasser à terre. Il s'attaquait de préférence aux demi-mondaines cotées ; une fois en rapports avec elles, il les accompagnait, les entreprenait, jusqu'à ce qu'elles l'eussent introduit chez elles ; il notait les entrées, les sorties, les accès faciles ; il dressait le plan, et trois mois après, la bande opérait. Le vol commis, on en distribuait le produit à divers receleurs ou banquiers ; la paye se faisait tous les mois ; une caisse de secours aux affiliés arrêtés ou en fuite fonctionnait, ainsi qu'une caisse d'épargne. Cloquin déclara :

— Mon rêve était d'instituer une retraite pour mes employés.

Les bonnes fortunes de ce singulier brigand sont désormais célèbres (peu s'en est manqué que je n'y figurasse). J'ai transcrit le passage de l'interrogatoire qui me concerne plus particulièrement :

D. — Vous étiez très apprécié dans les petits théâtres où vous aviez la réputation de dépenser sans compter ?

R. — Il n'y a pas que dans les petits théâtres.

D. — C'est vrai ; l'instruction a révélé que vous étendiez vos conquêtes jusque dans le Monde, le vrai Monde, où vous n'étiez cependant pas admis.

R. — Une femme ne regarde pas où elle aime ; les plus fières sont les plus faciles.

D. — Vous n'avez pourtant rien de bien séduisant.

R. — Et je vous jure que je ne me donnais pas grand'peine.

D. — Vous vous faisiez passer tantôt pour Brésilien, tantôt pour Égyptien ?

R. — Afin de pallier les fautes d'éducation qui m'échappaient.

Et plus loin (décidément ce président n'en revient pas !) :

D. — On se demande comment vous êtes parvenu à vous glisser dans l'intimité de certaines femmes.

R. — C'est mon secret ! (Rires.)

D. — Lorsqu'elles étaient à votre merci, vous insistiez pour qu'elles vous menassent chez elles ; vous aviez l'intention bien arrêtée de les dévaliser.

R. — Ce n'était pas uniquement pour les dévaliser. (Rires.)

D. — Soit. Don Juan se doublait de Robert-Macaire.

R. — L'un et l'autre ont à observer le secret professionnel, Monsieur le Président.

Sur cette réponse significative, le président a brusquement détourné l'interrogatoire ; puis ç'a été à la barre un défilé de témoignages féminins ; celui de Diane de Vaucresson m'a beaucoup frappée ; elle a déclaré que pour sa part elle n'avait pas à se plaindre de l'accusé, qu'il lui avait laissé le meilleur souvenir ; sans doute elle lui reprochait d'avoir dévalisé son hôtel de fond en comble, mais c'était un dommage d'une importance relative, qu'elle lui pardonnait. Je copie d'après l'*Intègre* :

D. — C'est extraordinaire ! Le lendemain du pillage de votre hôtel, vous accouriez au commissariat ; vous étiez toute en larmes !

R. — Toute en larmes ! C'est exagéré.

D. — Vous saisissiez la justice, vous déposiez une plainte et vous promettiez une récompense à l'agent qui découvrirait les auteurs du vol commis chez vous.

R. — C'est vrai, je ne me doutais pas qu'il s'agissait de LUI.

LE GRAND TORT DE CLOQUIN FUT DE NE POINT NAITRE RÉELLEMENT AUX PAYS AFFRANCHIS DE TOUTE
CONTRAINTE MESQUINE.

D. — Alors, il vous est agréable d'avoir été cambriolé par Cloquin ?

R. — Non... cependant je lui ai pardonné.

Le réquisitoire de l'avocat général Morné de Belantre était d'une insigne mauvaise foi ; ce Belantre me paraît peu sympathique ; il s'est écrié :

« On vous a présenté cet homme sous les traits d'un bandit-gentilhomme, du cambrioleur galant qui courtise les belles d'une main et de l'autre les détrousse (sic!) Bref, le Dernier Cartouche! Messieurs, Cloquin est un vulgaire escroc, que l'on cherche vainement à parer d'un vernis d'élégance ; c'est l'homme à femmes, la plaie de notre société moderne, l'amant de rencontre, le favori

JE REÇOIS DES ÉLECTEURS INFLUENTS.

de toutes les détraquées et de toutes les névrosées, de quelque monde qu'elles soient ; le bas escarpe, paresseux et cruel, qui vit de rapines, de tricheries, d'expédients louches, jusqu'au jour où il a recours au vol à main armée, enfin à l'assassinat. »

Le reste du réquisitoire était dans ce goût ; il s'y trahissait une si évidente malveillance que l'auditoire a protesté par des murmures prolongés ; le président a menacé

Me Florival. — Mme de Vaucresson a retiré sa plainte.

Le président Moche. — C'est possible, mais la justice suivra quand même son cours.

de faire évacuer la salle ; Morné de Belantre a été sifflé à la sortie.

M⁰ Florival a remis les choses au point : il a parlé comme un ange. Sans chercher à diminuer les fautes de son client, il leur a laissé leur côté pittoresque :

« Vous ne sauriez juger de la même manière les coupables qu'une même loi ...signe pour les mêmes peines ; la morale ordinaire s'adapte mal à des caractères dont l'énergie exige plus de liberté que n'en réclame le commun des hommes ; il suffit d'un rien pour modifier profondément la destinée de ces tempéraments : des conditions sociales différentes, une éducation plus poussée, une vocation manifeste, que sais-je ? de l'argent prêté au bon moment. On vous a expliqué les rouages de cette vaste association montée par actions, organisée, de l'aveu des experts, sur le modèle des grands établissements de crédit. Sous des cieux plus cléments Cloquin eût certainement utilisé une volonté, une ingéniosité peu ordinaires. Les qualités de séduction dont il était doué, le charme étrange qu'il portait en lui et qui lui attirait aussitôt les sympathies, l'espèce de domination qu'il exerçait sur les femmes, n'était-ce pas plus qu'il n'en fallait pour mener à bien les plus audacieux projets d'ambition et de fortune ? Un peu de scrupule, un peu de suite dans les idées, et vous aviez un spéculateur, un brasseur d'affaires, un lanceur d'entreprises ; le grand tort de Cloquin fut de ne point naître réellement aux pays dont il se réclamait, aux pays affranchis de toute contrainte mesquine ; il en serait revenu riche... c'est-à-dire honorable ! »

Le public approuvait visiblement M⁰ Florival ; à coup sûr cet homme-là sera bâtonnier. Il aurait enlevé un demi-acquittement, une condamnation modérée ; par malheur, il y avait trop de chefs d'accusation et des condamnations antérieures. Le client de M⁰ Florival ne s'en est tiré qu'avec dix années de réclusion.

C'est pour moi dix années de repos, au moins ; et dans dix ans on aura oublié l'affaire du Marquis. On continuera, j'espère, à mettre mon anecdote au compte (déjà plein à déborder) de la duchesse de Valais ou de la vicomtesse Lafoly ; d'ailleurs, j'y veillerai ; celles-là n'ont plus rien à perdre ; aussi bien elles seront très flattées ou se défendront mal.

Ce que je pense de cet homme à qui je dois tant d'émotions atroces, tant de nuits d'insomnie ? Je ne puis me prononcer ; j'ai beau faire, je ne parviens pas à l'identifier avec Ramon Garcia de La Vega, qui fut pour moi le prince Charmant des légendes ; je les considère comme deux personnages relativement contradictoires : l'un à qui je dois d'exquis souvenirs, et qui disparut subitement ; l'autre, le cambrioleur, qui, possédant mon secret, eut la... oui, la délicatesse de ne le point dévoiler. Je suppose que Ramon est parti au loin ; je lui garde une pensée mélancolique et plutôt reconnaissante. Je prendrai désormais l'habitude de dédoubler les gens et de n'en conserver que le personnage agréable.

Tu vas dire que je suis sotte autant que Diane de Vaucresson ; d'abord je ne suis pas persuadée qu'il existe entre Diane de Vaucresson et moi une dissemblance catégorique ; et puis je n'ai pas le droit de conserver rancune à Ramon parce que Cloquin méditait de me dévaliser.

Il me reste un dernier aveu à te faire : je suis depuis trois mois dans les meilleurs termes avec mon mari. Avant notre départ, redoutant un éclat, j'avais pris mes précautions, je m'étais rapprochée de Roger. Il trouvait en moi une tendresse à laquelle il n'était pas accoutumé, il montra une juste défiance ; j'ai redoublé de soins, d'attentions : il s'est apprivoisé. J'ai même remporté une victoire brillante sur la rue Jasmin, car on me préfère. Les visites à Auteuil s'espacent, Roger est en instance de rupture.

J'ai marqué mon premier succès par l'enlèvement de mon mari, que j'emmenai à Stockholm, de complicité avec Suzanne ; je l'ai tant prié qu'il a fini par consentir ; il a envoyé sa démission du Comité général monarchiste : premier gage de tranquillité. Je médite de le rallier à la République. A notre retour, je l'ai emmené dans le Quercy, sous prétexte de propagande électorale ; je me suis attelée à la politique, dont j'affichais dans le temps un dégoût incoercible. Je re-

çois des élec-
teurs influents,
je festoie des
maires et j'as-
siste à des cérémonies telles
que le baptême de pompes et
l'inauguration de cloches (non,
c'est le contraire), je fascine des
préfets, je visite le suffrage univer-
sel chez lui.

Roger me sait un gré énorme de mon dé-
vouement à sa personne ; dans les commen-
cements, il m'a été pénible de feindre une
affection que j'étais loin de ressentir ; maintenant l'habitude est prise, je suis résignée.

Il n'y a que Glaris qui ait subodoré quelque chose ; je l'ai revu à Paris, un soir de la
semaine dernière, et nous avons causé sur le
canapé-aux-confidences :

— Vous êtes très changée, m'a-t-il dit.

— Enlaidie ?

— Non... Vous avez un je ne sais quoi.

— La patte d'oie ?

— Oh ! vous êtes plutôt plus jolie ; mais
vous avez acquis un peu de tristesse ou de
gravité chronique. Ai-je encore le privilège
de l'indiscrétion ?

— Allez, vous verrez bien si je vous in-
terromps.

— Vous ne ressemblez plus à la frivole
Clara Tender ; on dirait que vous couvez une
arrière-pensée ?

— Il n'est pas impossible...

— Vous auriez frôlé la grande passion
que je ne m'en étonnerais pas.

— Continuez à vous promener dans le
domaine des suppositions.

— Et je suppose que la grande passion
n'a pas voulu de vous ?

— A quoi rattachez-vous ces hypothèses ?

— A votre air résigné... oui, résigné...
Toutes les femmes, une fois dans leur vie, es-
sayent l'Aventure ; bien peu ont à s'en louer.

— Aucune ne s'en loue.

— Si fait, une sur mille : que voulez-
vous ? Il est équitable qu'il n'y ait pas de
gros lot pour tout le monde.

— En admettant que vous ne vous soyez
pas trompé, et que j'aie essayé l'Aventure...

— C'est presque un aveu ?

— ... Et que ça ne m'ait pas
réussi, me conseilleriez-vous d'essayer encore ?

— Jamais ; il est des sottises qu'on ne doit pas
recommencer.

— Et si
c'était avec
vous ?

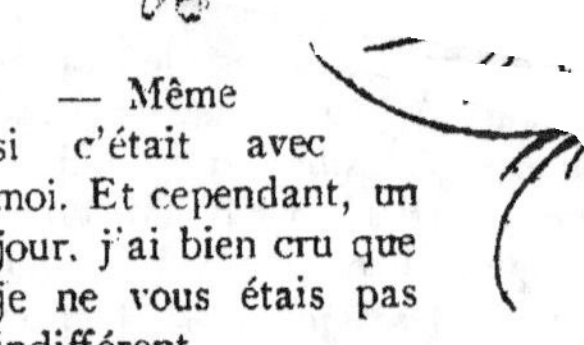

— Même
si c'était avec
moi. Et cependant, un
jour, j'ai bien cru que
je ne vous étais pas
indifférent.

— Oui... vous n'avez
pas profité de l'aubaine et
ça m'a passé.

— Tiens ! De mon côté, j'ai
pensé qu'il serait bon de tenter le
voyage ensemble ; cela date de
plus d'un an. Bah ! je ne regrette
rien, vous auriez été une détesta-
ble partenaire.

— Et vous donc ?

— Moi ? j'aurais été simplement odieux !
Il nous reste le souvenir d'un flirt agréable
que nous n'avons pas abîmé. Aussi, je vous
le répète, quelle que soit votre arrière-pensée,
chassez-la : les choses valent par la seule
idée que nous nous en faisons : il ne faut
rien regretter.

O Glaris, cher Glaris fatigué, vous êtes
un sage ; quand je serai tout à fait rassurée,
je ne regretterai plus rien. Si, cependant, je
regretterai une impression que je n'ai pas
eue. Tu te rappelles la journée de Saint-
Cloud, et cette minute où mon amoureux
terrible se jeta sur moi comme Tarquin sur
Lucrèce ; quand je songe à la scène en ques-

tion, je me demande si je n'ai pas été dupe d'un sot préjugé ; j'aurais dû me laisser *tarquiner*, j'aurais eu au moins ce bénéfice de mon intrigue.

Il subsiste un doute : ai-je manqué l'amant prédestiné, l'homme qui vous prend tout entière ? Ramon était peut-être cet amant-là ; j'ai perdu l'occasion de vérifier.

Que veux-tu ?... C'est tout de même dommage !

YVONNE.

## XV

QUE L'ON AURAIT DU PLACER EN TÊTE

> Un royaume ! Un royaume ! Mon cheval pour un royaume !
>
> B** SHARP, *Drame inédit.*

Un ami me dit :

— Je n'aime pas ce roman.

— Je ne l'ai pas écrit pour vous.

— Il est trop court.

— Mon asthme ne me permet pas une plus longue haleine.

— Vous avez tort d'écrire de petits romans.

— Quand je serai grand, j'en plus longs qui auront 800 pages.

— Le procédé des lettres est bien démodé ; d'ailleurs vos lettres ne sont pas de vraies lettres.

— Je n'ai pas cherché à reconstituer de vraies lettres.

— Non seulement elles sont interminables, mais invraisemblables, par-dessus le marché ; les femmes ne racontent pas leurs secrets à leurs amies.

— Comment connaîtrait-on ces secrets si elles ne les racontaient à leurs amies ?

— Soit, mais il y a des choses que l'on ne confie pas au papier ; un papier s'égare.

— Aussi n'a-t-on de cesse qu'on ne les ait écrites.

— Ce roman trop court est aussi trop long ; vous aviez la matière d'une nouvelle, vous l'avez étirée en quatorze chapitres ; coupez-en une bonne moitié.

— Si c'est la bonne moitié, je préfère ne pas la couper.

— On vous dira que la trame est trop ténue.

— L'étoffe en est plus fine ; la façon de broder... vaut mieux que ce qu'on donne.

— Vous promenez vos personnages un peu partout, sans autre raison que de décrire des coins de Paris.

— D'accord ; jadis j'ai décrit Montmartre et les petites femmes d'amour ; puis j'ai décrit le pays des snobs ; il me restait encore quelques squares et divers monuments exploiter.

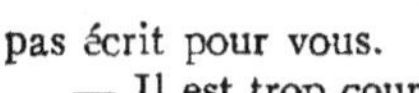

— Dès le milieu du livre, on entrevoit le dénouement ; cela n'intéressera pas les gens.

— Je suis mon idée ; qui m'aime me suive.

— Pour qui écrivez-vous ?

— Pour l'homme que j'aurais voulu être.

Mai-juillet 1897.

# MODERN-BIBLIOTHÈQUE

## VOLUMES PARUS :

Imp. Mauchaussat, 16, rue François-Guibert, Paris, XVe 11 — 1926

- Imp. COMBOURIEUX -